Margo Lynch
Die Insel-Diva

AF282624

Margo Lynch

Die Insel-Diva

Ein Neuanfang mit Sonne, Meer und Mafia

Bibliografische Information der Deutschen Nationalbibliothek:
Die Deutsche Nationalbibliothek verzeichnet diese
Publikation in der Deutschen Nationalbibliografie; detaillierte
bibliografische Daten sind im Internet über http://dnb.dnb.de
abrufbar.

Verlag: BoD · Books on Demand GmbH, In de Tarpen 42,
22848 Norderstedt

Druck: Libri Plureos GmbH, Friedensallee 273, 22763
Hamburg

ISBN: 978-3-7597-7471-2

Die nachfolgende Geschichte ist inspiriert durch eine Reihe von Beobachtungen auf Gozo, Malta. Ähnlichkeiten der Figuren dieser Erzählung mit real existierenden Personen sind nicht beabsichtigt. Alles ist frei erfunden.

EINS

Gozo ist eine Insel, eine kleine Insel, im Grunde genommen ein Dorf, in welchem jeder jeden kennt, zumindest die Menschen, die hier leben (nicht die Touristen). Unter ihnen sind auch einige Auswanderer, denn auf Gozo kann man wunderbar verschiedenste Wasseraktivitäten samt Equipment verkaufen. Das Wetter ist nahezu immer gut, warm und sehr sonnig, die Meerwelt ist farbenfroh. Vor allem Taucher lockt die Insel an.

„So willst du das schreiben? ", höre ich sie hysterisch ins Telefon schreien.

Meine Schwester kann mich zur Weißglut bringen mit ihren Suggestiv-Fragen, und dann auch noch der Tonfall.

„Ja, so würde ich das schreiben ", antworte ich genervt, aber noch ruhig.

Sie könnte ja auch direkt sagen, dass sie den Text nicht gelungen findet.

„Hör mal, du lebst jetzt seit 2 Jahren auf Gozo und du hast das in vier Sätzen zusammengefasst. Nicht gerade attraktiv, übrigens, sondern ziemlich langweilig und unpersönlich, als hätte die Insel überhaupt nichts zu bieten. Warm und sonnig - das ist es doch überall! Gibt es denn nichts Besonderes? Das soll doch ein Reiseführer werden, Ina! ", raunt sie nun noch lauter ins Telefon.

Gleichzeitig klingt sie ziemlich hoffnungslos, so, als wäre schon vorprogrammiert, dass ich nichts Gutes zustande bringen werde. Wie kommt sie als erfolglose Online-Redakteurin eigentlich auf so ein hohes Ross?

Ich warte kurz, damit ich nicht direkt explodiere, antworte dann aber doch mit ziemlich gereizter Stimme:

„Naja, eigentlich ist mein Text ja auch nur die Einleitung. "

Und den Rest musst du schon selbst schreiben, du kleine missgünstige verwöhnte Göre, denke, aber sage ich natürlich nicht.

„Eben, aber wenn schon die Einleitung überhaupt keine Lust auf den Ort macht, warum sollte man dann überhaupt noch den Rest lesen, Ina?! "

Ich hasse es, wenn sie immer weiter nachlegt. Niemand liest Einleitungen. Und sie ist die kleine Schwester, sie soll einfach ihre Klappe halten. Soll sie ihren Text selber schreiben, ich bin hier schließlich nicht die Schriftstellerin, sie will doch Geld damit verdienen.

Naja, ein bisschen was könnte ich langsam auch gebrauchen.

„Lydia, ich kann keine Texte schreiben, ich habe das nie gelernt, entweder so oder gar nicht. "

Dann lege ich einfach auf, das mache ich öfter so. Die einfachste Art um unangenehme Gespräche zu beenden. Was soll's.

Weg mit dem Smartphone, hoffentlich versucht sie nicht nochmal anzurufen. Manchmal macht sie das, weil sie dann nochmal sagen möchte, dass es kindisch ist, einfach aufzulegen. Oder sie schreibt eine Nachricht.

Heute aber bleibt es ruhig, Gott sei Dank. Den Text kann ich mir in den nächsten Tagen nochmal vornehmen, jedenfalls nicht mehr heute.

Ich merke, wie mein Puls wieder runterfährt und atme tief durch - ab jetzt kann es nur noch angenehmer werden.

Auf dem Weg nach unten treffe ich verwirrte Touristen, die nicht wissen, in welche Richtung sie müssen. Es ist tatsächlich etwas kompliziert, wenn man das erste bis dritte Mal hier ist, das Haus ist schon ziemlich verwinkelt und die Zimmernummern folgen einer ganz eigenen Logik. Ich bin sicher, dass derjenige, der sich diese Nummerierung ausgedacht hat, irgendeine Affinität zu diesem Labyrinth-Spiel hatte (Wie hieß es noch gleich? Das spielen immer die Leute mit den Kindern) und bemüht war, anderen Menschen ihre Dummheit vor Augen zu führen - vorzugsweise im Urlaub. Bei dem Gedanken muss ich etwas schmunzeln. Da fährt man extra weit weg von der auszehrenden Arbeit und will es einfach und angenehm haben und dann geben sie einem ein Zimmer, das man nie wiederfinden kann.

Auf den Kreuzfahrtschiffen ist das ja auch immer ein Problem. Eine ehemalige Kollegin war dort mal auf der völlig falschen Seite unterwegs - ganze 40 Minuten brauchte sie, um ihre Kajüte zu finden. Und dann sagen sie, die Arbeit würde einem Lebenszeit rauben - was macht dann erst der Urlaub? Und dafür bezahlt man auch noch Geld.

Unten an der Rezeption sehe ich eine lange Schlange, meine Güte, was machen die alle hier? Manchmal vergesse ich schon, dass man auch nur vorübergehend in einem Hotel sein kann. Für mich ist das so, als würde eine Horde Fremder in mein Haus einfallen. Ich wohne hier, die vielen Menschen stressen mich.

„Ich bin sofort für Sie, da Mrs. Faber ", ruft Christopher mir von rechts hinter dem Lobbytresen über die anderen Gäste hinweg zu.

„Thanks, darling, all good, I' ll wait ", entgegne ich ihm mit meinem charmantesten Lächeln.

Ich bin ganz sicher, dass er für mich Deutsch gelernt hat. Und mittlerweile kann er fast akzentfrei sprechen. Auf jeden Fall ein Sprachtalent. Was macht der mit solchen Fähigkeiten eigentlich an der Hotelrezeption?

Dass ich freiwillig warten will, hat ihn jedenfalls dazu angespornt, alle anderen einfach stehenzulassen. Stattdessen hat er Maggie gerufen, die nur halb so schnell ist wie er und ziemlich genervt schaut, weil sie genau weiß, dass sie nun seine Arbeit macht, damit er einen Plausch mit mir halten kann.

Aber so ist das eben hier. Stammgäste gehen vor und in der Definition, in der ich als Stammgast gezählt werde (seit 2 Jahren), gibt es auf jeden Fall keinen weiteren, der mir in der Gästehierarchie vorgezogen werden kann. Wunderbar, wenn es keine Gegenherrscher gibt, das ging im Mittelalter auch nie gut aus.

Maggie weiß das auch und fügt sich ihrem Schicksal, während Christopher sich breit lächelnd auf mich zubewegt.

„Wie kann ich Ihnen helfen, Mrs. Faber? ".

Er hat diese nette Angewohnheit, immer noch die englische Anrede zu verwenden. Beim Rest jedoch spricht er in immer brillanterem Deutsch und ich antworte weiterhin in mittelmäßigem Englisch. Er verzeiht mir das natürlich.

Ich erkläre ihm kurz, dass meine Terrassentür wieder kaum zu öffnen ist.

Wenn man einen Ehemann hat, kann man den sowas erledigen lassen, aber wenn man alleine ist, so wie ich, muss man sich um sowas selbst kümmern. Erst hakt es ein bisschen und dann, ehe man sich versieht, sperrt man sich auf der Terrasse aus, weil die Tür auf einmal nicht mehr aufgeht - mit Sicherheit dann zum ungünstigsten Zeitpunkt. Das machen die Hitze und der ganze Staub (die Insel ist sehr staubig). Jedenfalls, lange draußen auf einer sehr sonnigen Terrasse, das würde ich auf Gozo keinem empfehlen. Das machen höchstens die Touristen, vornehmlich die aus Groß Britannien und danach sind sie rot wie Krebse. ‚Lobsters' sagen sie hier dazu.

Ich hingegen habe weiterhin nur einen zarten Creme-Ton angenommen und jeder im Hotel fragt sich, wie das eigentlich sein kann, seit 2 Jahren, und ab und zu gehe ich ja auch raus. Selbstverständlich immer eingecremt und mit Sonnenhut.

Wie auch immer, Christopher wird sich um die Tür kümmern, noch heute, sagt er, wahrscheinlich sogar schon in der nächsten Stunde.

Wunderbar, „thanks so much, my dear ", ich kann derweil einen Cocktail auf der Hotel-Terrasse nehmen.

Christopher eilt von dannen und Maggie rollt mit den Augen. Wieder so eine Sache, die mich schmunzeln lässt - reinstes Teenager Drama, sorgt aber konsequent für Unterhaltung.

Während ich draußen mit meiner riesigen Chanel Sonnenbrille und einem Aperol Spritz die Diva gebe (die Kulisse ist perfekt dafür), checken drinnen weiter jede Menge Menschen ein. Wo kommen die nur alle her? Ist morgen wieder irgendein Feiertag?

Dann kommen sie alle von der Haupinsel und stürmen das kleine beschauliche Gozo. Etwa so, wie wenn ein Kölner zum Party machen nach Moers fährt.

Die Malteser sind hier weniger gern gesehen. Die Gozitaner freuen sich keineswegs, wenn die alle kommen, samt Kindern und dem Auto voller Gepäck - vom Grill bis zum Gemüse. Dann belagern sie die ganzen AirBnB᾽s, die eigentlich für gut situierte ausländische Familien gedacht sind, sind laut und feiern bis in die Nacht und alles mit der ganzen Familie, unter 8 Leuten geht also nichts. Manche nehmen auch Gläser mit in den Pool und kippen dann den halben Champagner da rein und dann gehen auch noch die Gläser kaputt.

Ein befreundeter Host erzählte mir das neulich mal - nahezu russische Umstände hier. Seitdem prüft er, Norbert, immer die Anmeldungen und checkt die Herkunft der Namen der Gäste. Deutsche hat er gerne, die sind ordentlich, sagt er. Zumindest die, die er kennt, ich verschone ihn mit anderen Erfahrungen. Seinen echten Namen kenne ich auch, aber er ist unaussprechlich (seine Mutter hatte einen Hang zum Arabischen), deshalb verzeiht er mir, dass ich ihn auch nach zwei Jahren immer noch Norbert nenne. Oder vielleicht mag er es auch, immerhin hat er sich mir ganz am Anfang mal so vorgestellt. Ich glaube, er hat so einen Drang auch mal eine andere Person sein zu wollen. Er hat ja Frau und Kinder, welche ihn ganz schön beanspruchen und er macht auch wirklich alles für sie. Da freut er sich über den Ausgleich mit dem anderen Namen, quasi eine andere Identität, der vermögende Hausbesitzer, der die anspruchsvollen Deutschen hostet. Ich denke, das gefällt ihm. Ich muss ihn mal wieder anrufen und fragen, was es so Neues gibt.

Zum Glück habe ich das Telefon nicht dabei, gerade habe ich so ein Gefühl, dass Lydia anrufen könnte. Einmal haben sie an der Rezeption versucht, mich hier unten ans Telefon zu holen. Da war sie besonders hartnäckig und weil ich oben nicht ran ging, versuchte sie es einfach im Hotel, als würden wir in den 20ern Leben, wo man noch Telegramme zustellte und einen Boten hatte.

Sie kann unaussprechlich penetrant sein, kein Wunder, dass mein Schwager in die Therapie musste - furchtbare Geschichte, man darf es niemals im Gespräch erwähnen, sonst rastet sie aus. So ist das mit ihr, alles ist eine Einbahnstraße - sie nervt, bis sie erreicht, was sie möchte und uns anderen verbietet sie den Mund.

Und das kommt alles, weil unsere Eltern sie viel zu sehr verwöhnt haben, die kleine süße Lydia, die immer alles bekam, was sie wollte und deshalb auch nichts können oder lernen musste. Ihrer Meinung nach bin natürlich ich an allem schuld, da ich ja die Ältere bin und die ganze Aufmerksamkeit auf mich zog.

Im Grunde sind es aber ganz sicher unsere Eltern gewesen: Sie gaben mir drei Namen (Ina Maria Emilia) und ihr nur einen

- damit ging es auf jeden Fall schonmal los. Nomen est Omen, sagte mein Klassenlehrer immer. Und obwohl unsere Eltern das Paradebeispiel eines gut-bürgerlichen Haushalts waren, nahmen sie sich diesen Spruch nicht zu Herzen und so nahm die ganze Misere ihren Lauf.

Natürlich können sie das hier im Hotel überhaupt nicht wissen, unsere Familiengeschichte ist viel zu komplex. Und deshalb sind sie dann an der falschen Stelle fürchterlich gewissenhaft und rufen einen so lange, bis man zum Telefon kommt.

Diesen Vorfall habe ich jedenfalls ziemlich schnell und, für meine Verhältnisse, recht autoritär abgebügelt - und siehe da, es blieb bei diesem einen Ausrutscher. Wer weiß jedoch, wie oft es Lydia noch versucht hat?

Nerviges Ding.

Soweit kommt es noch, dass sie einen hier quasi ausrufen lassen. Wie in der Schule früher.

Die Rezeptionistin, die damals da war, ist nun auch nicht mehr da, aber das war ganz sicher nicht meine Schuld, hier ist immer ein Kommen und Gehen.

Anfangs fand ich das furchtbar anstrengend, jedem neuen Angestellten musste ich erklären, wie meine Gewohnheiten sind, denn wie man sich vorstellen kann, ist es nach zwei Jahren durchaus hilfreich, wenn die Zimmerreinigung immer zur gleichen Uhrzeit erfolgt und einem nicht den ganzen Tagesplan zerschießt. Das haben wir dann aber auch irgendwann gelöst bekommen. Seitdem geht eigentlich alles reibungslos und alle kennen mich. Im Zweifel haben sie hinter der Lobby auch so ein Gästebuch, da sind alle Marotten der Stammgäste drin, teilweise auch ganz schön intime - Affären, vergessene Sextoys, Familienstreitigkeiten.

Ich kann schon verstehen, dass man sowas sammelt; damit man nicht ständig in Fettnäpfchen tritt. Christopher zeigte mir mal die Sammlung über mich, inzwischen ein ganzer Ordner, was aber natürlich daran liegt, dass sie alle Zeitungsartikel aufbewahren, die sie über mich finden. So halten sie sich up to date und jeder weiß, mit wem er es zu tun hat.

Christopher kommt freudestrahlend auf mich zu und berichtet, dass das Türproblem nun behoben sei, jedenfalls war er im Zimmer und hat es sich angesehen. Nun warten wir, dass ein fachkundiger Mensch kommt und eine Reparatur durchführt.

So ist das hier. Man wartet und wartet und wartet. Wenn man etwas zu tun hat, während man wartet, ist das alles kein Problem. Wenn man jedoch wartet, damit man die nächste Sache erledigen kann, wird das Warten unerträglich und das geht sogar Einheimischen so.

Norbert zum Beispiel hat auf die Wasserbefüllung seines Pools (ein sehr schöner und verhältnismäßig großer Pool für ein Stadthaus!) mal einen halben Tag gewartet. Um 9 waren sie verabredet, um 13 Uhr tauchte der Mensch auf und man konnte glücklich sein, dass er dann auch genügend Wasser dabeihatte. Norbert hatte in der Zwischenzeit acht Mal angerufen, also einmal pro halbe Stunde (kein schlechter Schnitt, wie ich finde). Immer hieß es, dass es in der nächsten halben Stunde losgeht. Und Norbert hat gemeinsam mit den Gästen gewartet, das muss man sich mal vorstellen: Da buchst du dir ein sündhaft teures AirBnB bei Norbert (die Preise sind nicht ohne) und dann sitzt der Host 4 Stunden mit dir beim Kaffee (den du selbst erst kürzlich im Supermarkt gekauft hast) und ihr wartet gemeinsam auf den Wasser-Menschen.

Zumindest war man dann aber in guter Gesellschaft. Norbert ist wirklich ein feiner Kerl. Mittlerweile ist er Vertriebler für irgendeine Firma auf der Hauptinsel. Aber er kommt aus Gozo und wuchs auch hier auf. Einige Male habe ich sein Haus auch angesehen, er hatte mal angeboten, dass ich dauerhaft auch dort einziehen könnte. Klar wollte er das, er kann ja auf der Hotelhomepage nachsehen, wieviel Kohle ich in diesem Hotel lasse. Da dachte sich Norbert natürlich, dass mein Geld bei ihm besser aufgehoben sei. Er hat mein vollstes Verständnis.

Ich habe wirklich auch mal ganz kurz darüber nachgedacht, aber das wäre nichts für mich. Jeden Tag läuft nebenan Radio Vatikan, weil die Nachbarin eine treue Katholikin ist. Nichts gegen Maria, sie ist eine gute Seele, wird leider auch zu selten von ihren Kindern besucht, aber dafür sind jede Menge Katzen da. Norbert stören sie nicht, er füttert sie sogar, wenn er mal dort ist und alles für die nächsten Gäste vorbereitet. Generell ist man Katzen hier sehr zugeneigt.

Der Aperol ist leer und ein zweiter wäre nun definitiv zu viel, Zeit zu gehen.

Z W E I

Den Plan für heute musste ich nun komplett über den Haufen werfen. Lydia hat mir die ganze Stimmung verdorben und dann noch die ganzen Leute. Alles voller Touristen da unten. Der Pool ist eine gute Option, denn scheinbar sind alle wegen irgendwelcher Feierlichkeiten hier. Das heißt, heute Abend wird wieder rumgeballert. Das machen sie immer. Feuerwerk so laut wie 1986. Eigentlich ganz nett anzusehen, dann hocken sie alle an den Stränden und am Hafen und schauen in die Luft und die Liebespaare müssen alle 1,5 - 2 Minuten einfach ihre angefangenen Sätze pausieren, weil sie sonst nicht mehr hören, was sie sagen, und man kann ja nicht riskieren, dass man vielleicht gerade das Wichtigste verpasst. Aber besser so, als sich ständig zu erschrecken, das ging mir nämlich ein gutes Jahr lang so.

Der Pool ist wie erwartet leer, nur drum herum sitzen ein paar wenige Menschen, im Pool selbst ist niemand - großartig, er gehört mir.

Ich gehe höchst selten am Nachmittag schwimmen, eigentlich ist morgens meine Zeit und zwar direkt um 9, wenn der Pool öffnet. Auf Gozo sind die Leute nicht so verrückt wie in Deutschland und fahren schon um 8 Uhr zum Schwimmen. Um 9 kriechen sie hier im Hotel gerade mal aus ihren Betten und versuchen alles rauszuholen, was geht, damit sie beim Frühstück einigermaßen aussehen.

Genau dann habe ich meine Ruhe im Pool und schwimme meine 30 Minuten. Davon habe ich 20 Minuten lang Gesellschaft von Irma, einer kleinen weißen Taube, die jeden Morgen aus der Poolrinne trinkt. Es ist immer dieselbe, ich erkenne sie an ihrem schlanken Hals (auch sonst ist sie nicht sehr dick), deshalb fand ich es passend ihr einen Namen zu geben.

Ich teile also erst mit Irma den Pool und dann gehen die Wasserspiele an, 2 Figuren in Putten-Art, die Wasser pinkeln, und dann fliegt Irma panisch los. Auch nach zwei Jahren hat sie sich daran noch nicht gewöhnt. Ich kann sie gut verstehen, sowas braucht wirklich niemand, reinste Verschwendung. Ich kann mir sogar vorstellen, dass der Anblick einige Gäste verstört.

Da ich nun später dran bin, ist Irma natürlich nicht zu sehen und vermutlich hat sie mich heute Morgen schon vermisst. Ich hasse es, wenn die Dinge anders laufen als geplant. Außerdem ist es nun viel heißer als morgens. Es macht eben einfach keinen Sinn am Nachmittag schwimmen zu gehen.

Dieser Tag ist wirklich verloren.

Dennoch, nun bin ich einmal hier, nun drehe ich ein paar Runden.

„Frau Faber, sind Sie es wirklich. Frau Faber? ", irgendwer krächzt mir von der Seite entgegen.

Auch sowas hasse ich. Können die Menschen denn nicht einmal warten, bis man eine einigermaßen adäquate Position eingenommen hat? Muss man sich wirklich im Pool ansprechen lassen, während man gerade die ersten Bahnen zieht? Zum Glück bin ich gut im Training und hechele nicht wie ein steinalter Köter.

„Ja, mit wem habe ich die Ehre? "

Ich nehme Haltung an und drehe mich zur Seite. Ich bin zwar im Wasser, aber kein Grund sich gehen zu lassen.

„Ludwig von Stein. ... Meine Güte ... Frau Faber, dass ich Sie hier treffe. Man hörte ja, dass es Sie in wärmere Gefilde verschlagen hat, aber…", seine Stimme ebbt ab.

Ich kenne diese Stimme, dieses bettelnde, bibbernde Element in seiner Stimme, wie wenn Kinder quengeln, einfach nervtötend. Es hilft nichts, ich muss die Sonnenbrille hochschieben.

Da denkt man, man hat seine Ruhe im Pool und schwimmt ein paar Bahnen und dann kommt der Schatten der Vergangenheit über einen und drückt zu. Ich kenne diesen Mann nur allzu gut.

„Wie angenehm Sie zu sehen, Herr von Stein. Bitte entschuldigen Sie doch meine etwas unkonventionelle Lage hier ", ich komme nicht umhin ihm noch einmal aufs Butterbrot zu schmieren, dass es eine ziemlich dumme Idee war, mich hier anzuquatschen.

Doch so war er schon immer. In den unmöglichsten Situationen sagte er das Unmöglichste. Besser gesagt, er schrieb und zwar über mich. Er hatte immer etwas zu meckern, der Klang der Stimme nicht klar genug, die Tonalität nicht sauber genug, die Atemphrase nicht lang genug. Nur ein einziges Mal hätte ich ihn gern an meiner Stelle gesehen, kläglich gescheitert wäre er, nicht eine einzige Vorstellung hätte er überstanden, ach, was sage ich, er hätte nichtmal eine Probe überlebt, dieser unbegabte Trottel.

Aber Hauptsache ein *von* im Namen.

Was sich Kritiker eigentlich immer erlauben. Ein gutes Gehör ist gut und schön und auch nett, wenn man ein paar Sätze darüber schreiben kann. Aber mit Kunst hat das nichts zu tun, die Kunst, die haben wir gemacht. Und dieser penetrante Quengler bildete sich dann ein Urteil darüber. Das ist nichtmal ein richtiger Beruf, das ist maximal ein semi-professionelles Hobby.

Und jetzt steht er da und quatscht mich im Pool an.

„Frau Faber, ich muss Ihnen sagen ", ich merke schon, dass er sich irgendwas zurecht stottern will, „… nach Ihrem Abgang … also, es gab nie eine Sopranistin, die ich so verehrt habe wie Sie. "

Er lächelt über das ganze Gesicht und denkt, er habe etwas Gutes gesagt. Er sollte besser weiter schreiben.

Ich versuche alle Grazie, die ich besitze, zusammen zu kramen und ihm ein Lächeln zu schenken.

„Danke, Herr von Stein, ich weiß das sehr zu schätzen. Da Sie ja offenbar auch gerade hier verweilen, lassen Sie uns doch gerne einmal einen Café zusammen trinken. "

Ich schiebe meine Sonnenbrille wieder runter.

„Ich schwimme gerade noch etwas, das ist mein Ritual ", setze ich lächelnd nach und drehe mich direkt um, seine Antwort interessiert mich nicht.

Weiter geht es, ich gleite durch das Wasser wie ein Zerstörer und versuche meine Ruhe wiederzufinden. Ich höre ihn noch stammeln.

„Oh, ja… Entschuldigung, ich wollte nicht stören, natürlich, Rituale sind wichtig … Dann sehen wir uns auf einen Café. "

Ich sehe ihn nicht mehr, aber ich höre, dass er sich verflüchtigt.

Gut, dass ich atmen gelernt habe. Darauf baut das ganze Leben auf.

Natürlich habe ich mir nichts anmerken lassen, aber der Schock mit von Stein setzt mir auch nach dem Pool noch zu. Der Tag soll auf meiner eigenen Terrasse ausklingen, genug Menschen für heute. Das ist das angenehme an einem Hotel, es gibt Roomservice und zwar zu jeder Uhrzeit. Wenn man es draußen nicht mehr ertragen kann, dann zieht man sich einfach zurück und kann dennoch alle Annehmlichkeiten genießen.

Ich bestelle ein Club Sandwich, das kann ich ohnehin nicht draußen essen und ein Guinness, das kann ich auch nicht draußen trinken. Eine Dame mit Clubsandwich und Bier, so weit kommt es noch. Das geht höchstens, wenn man noch jung ist. Aber ich habe den Rubikon überschritten, mit Stil und ohne nass zu werden, aber ich bin auf der anderen Seite.

Nur die Mitarbeiter im Hotel kennen diese Angewohnheiten und schreiben es in ihre Gästefibel, aber das stört mich nicht. Über mich wurde schon viel Unsinn geschrieben, vor allem vom Stein. Dagegen ist das hier harmlos.

Das Essen im Hotel ist auch durchaus akzeptabel. Kein Sterneessen, aber von guter Qualität. Die Portionen sind unmenschlich, wie überall auf Gozo und Malta.

Irgendwo habe ich gelesen, dass 70% der Malteser übergewichtig sind, kein Wunder bei den Portionen, selbst die Kinderportionen würden den Kalorienbedarf eines ausgewachsenen Mannes decken.

Im Hotel wissen sie schon, dass ich meistens die Hälfte zurück gehen lasse und nehmen es nicht mehr persönlich, aber wenn man mal auswärts isst, dann beginnt die Tortour. Da lasse ich dann die Hälfte auf dem Teller und der Kellner schaut fragend. Im ersten Jahr habe ich immer noch gesagt, dass es einfach zu viel, aber dennoch sehr schmackhaft war. Mittlerweile schweige ich einfach. Oder ich setze die Sonnenbrille auf, auch das ersparte mir schon viele unangenehme Gespräche. Man muss einfach aufpassen, dass das Leben nicht zu einer Endlosschleife verkommt und man von seinen eigenen Kommentaren angeödet wird. Sollen einem die Leute doch einfach zuhören, dann muss man die Dinge auch nicht zweimal sagen.

Von meiner Terrasse aus habe ich einen guten Blick auf die Hotelterrasse, die gerade noch einmal entstaubt wurde. Hier muss regelmäßig gewischt werden, ansonsten denken die Gäste, sie seien in der Wüste und ‑ noch schlimmer ‑ schleppen den Staub abends mit ins Hotel!

Unten sitzt Giuseppe, der Eigentümer. Gerade erst kam er an, ich habe sein Auto noch vom Pool aus gesehen, jetzt bekommt er schon sein Essen - auch ein Clubsandwich, offensichtlich. Und das vor mir! Und jetzt zupfen sie ihm noch den Salat ansprechend zurecht und schieben die Pommes auf die richtige Seite, damit das Salatdressing nicht alles labbrig macht.

Das sind eben die Annehmlichkeiten, wenn einem das alles hier gehört. Auf dich, lieber Giuseppe, lass es dir schmecken.

Anfangs war er gar nicht begeistert von mir, er wollte keinen Dauergast, wollte das Zimmer lieber saisonal abrechnen und Kohle scheffeln (natürlich habe ich einen Rabatt, weil es dauerhaft miete). Doch dann kam die Krise und dann tauchten ein paar zweitklassige Fotografen auf.

Seien wir ehrlich: Ich habe ihn und sein Hotel in der Krise durchgebracht. Seitdem ist er mir wohl gesonnen. Ein, zweimal haben wir zusammen gegessen, aber es ist wie mit Norbert. Zuhause sitzt die Frau mit den drei Kindern und dann kommt es ganz schlecht, wenn man mit einer anderen Frau diniert und den welterfahrenen Mann gibt, während man sich zuhause weigert die Windeln zu wechseln. Ehefrauen sind wirklich unerträglich eifersüchtig, vor allem, wenn sie Kinder haben.

Giuseppe facetimed abends auch immer mit der Familie und dann winken die Angestellten mal in die Kamera, das ist eigentlich ganz nett anzusehen. Überhaupt ist alles ziemlich familiär in diesem Hotel. Es verströmt ein bisschen den Charme des britischen Landadels, ich fühle mich hier jedenfalls ausgesprochen wohl.

Neulich hatte wieder irgendein Tourist ein Video über schreiende Malteser zusammengestellt und hochgeladen. Busfahrer, die Touristen beleidigen, Autofahrer, die unentwegt „fuck you " rufen und sich durch die Gegend rammen. Manchmal schreien sie dann noch „Madonna " hinterher. Das gab dann wieder einen Skandal und alle haben diskutiert, wie man sich anderen gegenüber präsentieren soll.

Was für ein Quatsch.

Ich bin seit zwei Jahren hier und mich nerven die Touristen auch. Sie vermüllen alles, sie sind laut, sie sind betrunken und meistens auch schlecht angezogen oder krebsrot und von der Sonne enthirnt. Sie können auch nicht Autofahren, mieten aber alle ein Auto. Und dann erwarten sie, dass man ihnen die Tür aufhält und den Bittsteller macht. Wen würde das nicht stören?

Es klopft.

„Roomservice, Ma᾽am. "

Das ist Maggie, ihre Kermet-Stimme ist unverkennbar.

Ich muss nichts antworten, sie ist sowieso schon auf dem Rückweg. Maggie und ich pflegen die Art einer gescheiterten Mutter-Tochter-Beziehung. Sie ist ohne Mutter aufgewachsen, das hat mir Laurent erzählt, der Restaurant-Chef.

Was die da unten nicht wissen, ist, dass auch ich immer ein paar Notizen mache. Das hilft dabei, sich zu erinnern, wenn man mal was braucht.

Maggie jedenfalls hat gerade eine rebellische Phase. Außerdem war da noch irgendetwas mit Christopher. Ich denke, sie hat ihn angehimmelt und er hat sie stehen lassen, das arme Ding (aber sie hat auch wirklich eine schreckliche Stimme). Und nun ist sie genervt, dass er die abgehalfterte Sängerin umgarnt - mindestens hundert Jahre älter, denkt sie mit Sicherheit!

Für mich ist er aber natürlich viel zu jung. Ein endloses Drama. Das Leben ist für manche von uns tragisch wie eine Oper. Hoffen wir nur, dass am Ende nicht alle sterben.

Entsprechend unseres Verhältnisses schwimmen meine Pommes heute in der Salatsoße.

Sie wissen eben alles über einen.

DREI

Die Ruhe des gestrigen Abends tat mir gut. Ich bin früh aufgewacht und sitze noch vor 8 Uhr beim Frühstück. Ich liebe es, wenn es morgens so reibungslos geht. Außerdem habe ich beste Laune – neuer Tag, neues Glück.

Das Frühstück vor 8 Uhr ist hier nicht wie in anderen Hotels. Ich war, weiß Gott, schon in sehr vielen. Aber an einem solchen Ort am Meer hat man andere Möglichkeiten. Hier sind nicht die üblichen Business Manager, die derangiert ins erste Meeting stolpern, nachdem sie sich nervös das Hemd gerichtet und den dritten Kaffee reingezogen haben. Hier ist eine ganz andere Klientel unterwegs.

Es gibt hier zum Beispiel immer ein paar, vornehmlich verwaiste alleinstehende Männer, die morgens sehr zeitig frühstücken; nicht etwa Geschäftsleute, nein, das sind die Taucher! Sie müssen früh raus, der erste Tauchgang ist immer direkt am Morgen, da ist das Meer noch nicht so aufgewühlt und es ist noch nicht so voll und heiß und die Fische zeigen sich auch ganz gern. Die Taucher erkennt man an ihrer Kleidung – sportlich-praktikabel und an ihrem morgendlichen Essverhalten – zügig schlingend (sie fahren manchmal schon um halb neun los), aber so reichhaltig und wenig fettig wie möglich. Also geht am besten Müsli mit Jogurt und Früchten, denn das ganze britische Zeug, Bohnen, Speck und Eier, ist viel zu heftig am Morgen – niemand möchte einen zu eng sitzenden Neopren tragen!

Die meisten Taucher kommen dann erst am Nachmittag wieder zurück, nachdem sie noch einen zweiten Tauchgang absolviert haben. Dann sind sie furchtbar müde und müssen sich erstmal erholen und ein Schläfchen halten.

Ich denke, dass das Hotel diese Gäste am liebsten hat, sie sind kaum da (oder schlafen), machen nichts schmutzig oder kaputt und sind dazu noch ziemlich anspruchslos. Weil sie immer früh aufstehen müssen, feiern sie auch nicht bis in die Nacht, sind laut oder betrunken. Ideale Gäste! Man merkt sie quasi kaum.

Wobei ich einmal einen erlebt habe, der schon mittags ein paar Bier orderte. Abends war er gar nicht mehr gesellschaftsfähig, was ihn natürlich nicht davon abhielt, sich dennoch an die anderen Gäste zu heften. Sehr unangenehm war das. Es stellte sich schließlich heraus, dass er ein Beamter war – bezahlt vom Staat, von unseren Steuern und dann so ein Verhalten!

Ein paar Trinker gibt es natürlich überall. Ich hörte auch, dass sich andere Taucher eher von ihm fernhielten, weil er unter Wasser ein paar gefährliche Situationen verursachte. Man möchte sich nicht vorstellen, was das für unser Hotel bedeuten würde, wenn nebenan bei der Tauchbasis einer der Gäste hops geht…

Heute Morgen jedenfalls ist es beschaulich ruhig. Ein paar Taucher-Männer alleine und ein Taucher-Paar, wobei ich nicht sicher bin, ob sie auch taucht. Sie sieht aus, als würde sie gleich mitgehen, ungeschminkt und die Haare noch von gestern Abend, aber das kann man nie so genau wissen, denn manche gehen nur morgens mit ihren Männern frühstücken und legen danach das Wellness Programm ein. Ich nenne das den ‚vorgetäuschten Tauchgang‘, denn im Hotel gehen alle davon aus, dass dann beide länger weg sind und sie sich mit der Zimmerreinigung Zeit lassen können. Während das auf den Taucher-Mann auch zutrifft, ist die Frau jedoch im Spa – völlig ungestört und tiefenentspannt und dann kommt sie hoch aufs Zimmer und in 90% der Fälle ist das Zimmer entweder noch nicht gemacht oder es wird gerade gemacht. Das ist natürlich ganz unschön, wenn man nass tropfend nach oben kommt und seine Ruhe haben will – der ganze Spa-Effekt direkt dahin. Deshalb habe ich auch die Regelung mit der Zimmerreinigung, anders funktioniert es einfach nicht.

Das Vater-Tochter-Gespann ist auch wieder da. Ich habe sie gestern schon kurz von Weitem gesehen. Die waren letztes Jahr auch da, meine Güte, die Kleine ist groß geworden. Letztes Jahr war sie noch so süß und zeigte ihm irgendwelche Kunststücke im Pool. Heute muss er vermutlich froh sein, wenn sie nicht geschwängert wird und ausziehen will. Wieder so ein armer Alleinstehender. Die gibt es ja immer häufiger. Wobei ich glaube, dass das gerade wieder so ein Trend ist. Erst waren die ganzen Mütter alleine, jetzt kommen auf einmal die Väter. Haben die eigentlich auch alle solche Geldsorgen? Man liest das ja die ganze Zeit, dass Alleinerziehende keine Kohle haben.

Dabei sieht er gar nicht so arm aus.

„Morning!", die Kleine hat mich erkannt.

„Good Morning", ich lächele zurück.

Sieht so aus, als hätte er doch noch Zeit, bis er Großvater wird. Er schaut etwas unbeholfen und nickt, die Kleine lacht. Ich setze mich an meinen gewohnten Platz rechts außen mit Blick auf die Hotelterrasse und das Meer, um etwas Ruhe in die Situation zu bringen. Er setzt sich ebenfalls und sie murmelt irgendwas und lacht.

Christopher ist auch da. Ich dachte, er hätte heute frei.

Sie spielen wieder diese grausige Fahrstuhl-Musik, plim plim, klimper klimper, die reinste Folter, wenn man selbst schon einmal richtige Musik gemacht hat. Die anderen Gäste scheint es aber leider zu beruhigen, deshalb stellen sie es nicht ab, die meisten Menschen lassen sich ja gerne zweitklassig berieseln.

„Café, wie immer, Mrs. Faber?", jetzt ruft er wieder durch den ganzen Raum.

Ich muss schmunzeln und nicke. Die Frau, die Christopher einmal heiraten wird, wird mit Sicherheit sehr glücklich sein. So ein lieber Junge und so höflich und aufmerksam. Aber vielleicht auch ein bisschen zu nett und zuvorkommend. Wer will schon einen Mann, der immer nett ist?

Man braucht ja auch etwas, an dem man sich reiben kann, damit es nicht so öde wird. Von daher braucht sich Maggie wirklich keine Gedanken machen. An mir liegt es nicht, dass er sie hat sitzen lassen, da muss sie die Schuld schon bei sich suchen. Oder sie passen einfach nicht zusammen. Für mich ist er ohnehin zu jung, viel zu jung, diese Zeiten sind lange vorbei. Ich bin nicht mehr an der Oper. Damals war das gang und gäbe. Da hatte man immer mal jemanden. Und wenn man wer war, dann auch mal einen jüngeren, oder zwei. Die waren einem dann ergeben wie kleine Hündchen und man konnte sie zurecht schleifen und zur Schau stellen wie Diamanten, die sie einem aber leider nie kaufen konnten. Irgendwann wurde es dann langweilig und vor allem anstrengend, wenn sie zu anhänglich wurden und eifersüchtig, regelrecht einfältig und kindisch. So als würde man ihnen gehören. Da musste es dann vorbei sein. Ein schneller und sauberer Schnitt ist in solchen Fällen immer das Beste. Junge Männer sind eben doch noch keine Männer.

Der Kaffee kommt und ein pochiertes Ei hat er mir auch schon zubereiten lassen. Ich sage es ja. Warum etwas anfangen und diese grandiose Beziehung verschwenden? So ist es für uns alle am besten.

Auch nach zwei Jahren hier kann ich mich am Blick über das Meer nicht satt sehen. Dieser Ort ist eine Zuflucht.

Zumindest bis ich die quälende Stimme links von mir vernehme. Stein ist da.

„Guten Morgen, Frau Faber, gestatten Sie?"

Ich bin mit dem Essen fertig und habe nur noch den Orangensaft vor mir. Ich habe keinen Termin und bin nicht in Eile, ich habe keine Ausrede, verdammt.

„Wenn es Ihnen nichts ausmacht, dass Sie mein leeres Geschirr ansehen müssen, nehmen Sie doch gerne Platz, Herr von Stein", sage ich in gnädigster Weise.

Er soll nicht vergessen, dass er mal über mich geschrieben hat.

Christopher hat meinen Kommentar gehört und eilt, um alles abzuräumen. Dabei schaut er von Stein ziemlich argwöhnisch an. Gut, dass er Deutsch gelernt hat. Von Stein ist beeindruckt. In seiner bourgeoisen Denke geht er jetzt vermutlich davon aus, dass ich hier die Hausmacht habe (was ja auch nicht ganz falsch ist). Gut so, er bewegt sich hier auf meinem Terrain.

Dann erzählt er allerlei unwichtiges Zeug über die Sonne und die Hitze und den Wind und nochmal über die Sonne, die Hitze und den Wind. Er beklagt sich regelrecht.

Warum kommt man denn nach Gozo, wenn man das alles nicht wünscht?

Nach endlosen 20 Minuten Prolog, Christopher hat mir inzwischen den dritten Orangensaft gebracht und ich spüre förmlich, wie das ganze Vitamin C mich innerlich in ein Säurebad verwandelt, kommt von Stein endlich zum Punkt und fragt mich, ob ich nicht eventuell vielleicht doch vorhabe, wieder an die Oper zurückzukehren.

„Gedenken Sie zurückzukommen, Gnädigste?"

Vier Worte, die ich mir gerade symbolisch als Messerstiche vorstelle. Das halbe Lächeln, dass ich die letzten dreißig Minuten ganz gut drauf hatte, lasse ich nun ganz langsam entgleiten, damit er sehen kann, dass er sich auf ganz dünnem Eis bewegt.

„Ich singe nicht mehr, Herr von Stein."

Er wartet noch einen Moment, ob ich noch etwas hinzufüge. Aber ich habe nichts hinzuzufügen. Ich lehne mich zurück und sehe ihn an, ich sehe in seine kleinen zugekniffenen Augen und bestrafe ihn mit Schweigen, wo er sich doch so sehnlich eine Erklärung wünscht. Denkt er allen Ernstes, er könne hier mit mir über meine Zeit an der Oper sprechen? Für wen hält sich dieser Gift und Galle spuckend Zwerg eigentlich?

Wie ein angriffslustiger, unentschiedener Kater zögert er, ob er noch einmal zuschlagen soll, zieht dann aber den Schwanz ein. Gute Entscheidung.

„Das ist unfassbar schade und tragisch für uns alle", er setzt einen klagenden Gesichtsausdruck auf.

Ich lasse eine Pause, eine lange Pause. Pausen gehören zur Musik. Dann stehe ich auf, während ich ihn ein letztes Mal anspreche.

„Nun, ich denke, es gibt auch ein Leben abseits der Oper. Und diesem werde ich jetzt nachkommen, bitte entschuldigen Sie mich, Herr von Stein. Es war sehr angenehm, ich gehe nun meinen Verpflichtungen nach – Sie kennen das."

Ich bin schneller weg, als er mir hinterher schauen kann, zügig, aber ohne Hast. Christopher öffnet mir die Tür (das hier ist mein Terrain!).

Ein perfekter Abgang.

Oben angekommen, klingelt zu allem Übel noch das Telefon und ich sehe Lydias Nummer. Heiliger Vater, sei mir gnädig.

Aber ich gehe ran und nehme die Entschuldigung vorweg, die sie vermutlich hören will: „Liebe Schwester, ich weiß, es war kindisch aufzulegen, bitte…"

„Nein, nein, hör zu, deshalb rufe ich nicht an", unterbricht sie mich.

Normalerweise hasse ich es, unterbrochen zu werden. Deshalb tut sie es auch eigentlich nie. Im Grunde ihres Herzens ist sie schon eine gute Schwester, wenn auch ihre Art häufig unerträglich ist. Aber sie ist nicht bösartig, das war sie noch nie.

„Was ist?", frage ich.

„Sitzt du?", in ihrer Stimme schwingt Besorgnis mit. Und trotzdem kommt es mir vor, als müsse sie sich das Lachen verkneifen.

„Nein, was ist? Ich muss nicht sitzen."

„Wie du willst." Jetzt macht sie eine Spannungspause, Gott, sie ist so dramatisch.

„Es wird wieder über dich geschrieben, Ina", ihre Stimme wird lauter und unangenehm betont: „,Grand Dame der Berliner Oper immer noch auf Gozo – wann geht ihr das Geld aus?'"

Wieder eine Pause, sie wartet wohl, ob ich in Ohnmacht falle und ob sie den Aufprall hören kann.

„Danke, Lydia, das hatten wir alles schon. Es interessiert mich nicht, lass sie schreiben."

Ich tue so, als würde mich das nicht im Geringsten interessieren.

„Ina, es gibt noch eine andere Schlagzeile, du weißt schon, von unserer Lieblingszeitung", schiebt sie vorsichtig hinterher.

Ich atme sehr tief ein und langsam und genervt wieder aus. Atmung ist das halbe Leben.

„Und wie heißt die?"

Wieder Pause. Niemals hat sie Musik gemacht, aber das mit den Pausen beherrscht sie trotzdem.

„,Der Ausraster der Operndiva – jetzt packt ihr Ex aus'". Erneute Pause, sie quietscht etwas: „Darunter ist ein Foto von Sergeij." Ihre Stimme klingt wie die von Minimaus.

„Gut, ich setze mich, gib mir eine Sekunde", ich atme nochmal tief durch und halte das Telefon etwas entfernt, ich muss Ruhe bewahren.

„Lies mir den zweiten Artikel vor. Den mit Sergeij." Ich fühle, wie ich ungeduldig werde und zu gestikulieren anfange, obwohl mich ja niemand sehen kann.

„Schon klar", höre ich sie am anderen Ende sagen.

„Sergeij M., bekannter Sänger an der Berliner Oper, spricht erstmals über den Ausraster seiner damaligen Lebensgefährtin Ina Maria Emilia Faber, der berühmten Operndiva."

„Der war im Chor und kein Sänger!", höre ich mich sie unterbrechen.

Meine Stimme klingt lauter als sie sein sollte – ich erschrecke mich selbst darüber, wie sehr die paar Worte mich aus der Fassung bringen. Dann rudere ich zurück.

„Ok warte, lies es nicht vor, fass es einfach für mich zusammen, was steht drin?"

Ich muss meine Nerven besser zusammenhalten.

Lydia bleibt ruhig und versucht mir damit etwas Sicherheit zu vermitteln.

„Ok. Also, Sergeij sagt, du seist generell eine ziemliche Furie gewesen und hättest ein äußerst schwaches Nervenkostüm gehabt. Einmal seist du schließlich in einer Vorstellung ausgerastet und hättest dem Dirigenten eine Kristallkugel an den Kopf geworfen."

Pause, diesmal aber, weil sie ihr Lachen unterdrücken muss. Ich muss nun unweigerlich auch etwas Lachen, obwohl mir gar nicht danach zumute ist. Das ist wohl der berühmte Galgenhumor.

Ich habe das Gefühl, ich müsste ihr irgendwas erklären.

„Die Kristallkugel war ein Requisit, es gab gerade nichts anderes", schiebe ich entsprechend nach.

Ich spüre nur noch Distanz zu diesem Vorfall.

„Und es war die Generalprobe und nicht die Vorstellung."

Mein Gott, diese Schmierfinken können nicht mal ordentlich recherchieren.

Lydia druckst herum.

„Sergeij sagt, du hättest alle als ‚Ausgeburten der Hölle' und ‚menschliche Aasfresser' bezeichnet", jetzt kann sie das schallende Lachen nicht mehr länger unterbinden.

Für mich ist das so weit weg, ich kann mich nicht mal mehr daran erinnern, ob ich das wirklich gesagt habe. Ich kann mich an kaum etwas erinnern. Kann aber gut sein, die Wortwahl könnte passen, ich benutze ja keine richtigen Schimpfwörter, das habe ich mir schon vor langer Zeit abgewöhnt.

Und was die Kristallkugel angeht… das wurde alles ziemlich aufgebauscht. Hat noch niemand vor Wut mal einen Teller zerschmissen? Es ist ja nicht so, als hätte ich jemandem die Schere in den Hals gestochen, die schließlich auch ein Requisit in diesem grässlichen Stück war.

„Und was steht da sonst noch?", meine Nerven sind weiterhin angespannt.

Falls es noch schlimmer kommt, möchte ich das bitte jetzt wissen.

„Ach nichts besonderes eigentlich. Der zweite Teil handelt von Sergeij. Er sagt, seine Karriere war danach kaputt, weil alle ihn mit dir in Verbindung gebracht haben."

Ja, das sieht ihm ähnlich. Sein natürlich begrenztes Talent schiebt er jetzt auf mich. Mein Gott, der Mann war ein Chorsänger, nicht mehr und nicht weniger. Es gab noch nie jemanden, der in einem Chor eine nennenswerte Karriere gemacht hat. Das ist ja das ganze Konzept von Chor, es gibt keine einzelne Stimme, es gibt keinen, der hervorsticht, es gibt nur die Masse. Es ist doch der Sinn, dass viele Menschen wie eine Stimme klingen, aber das hat er nie verstanden, er war einfach zu begrenzt. Sergeij dachte ja immer, er kann mich als Sprungbrett benutzen, Solist werden und die großen Rollen kriegen, das hat aber auch nicht funktioniert, wie so vieles in seinem Leben. Und jetzt bin ich daran Schuld, obwohl ich ihn die ganze Zeit ausgehalten und unterstützt habe, seine ganzen Eskapaden… Undank ist der Welten Lohn.

„Ina, bist du noch dran?", jetzt wird Lydia ungeduldig.

„Ja, ja, danke. Kannst du mir den Artikel zuschicken? Also beide? Ich schaue mir das in Ruhe an."

„Willst du nicht darauf antworten?", sie klingt fast entsetzt.

Ich denke kurz nach.

„Nein, ich habe Sergeij früher nicht zu Ruhm verholfen und werde es jetzt auch nicht tun. Er soll sich für ewig mit der Erkenntnis schwanger tragen, dass er ein Chorsänger bleiben wird – falls er das überhaupt einmal begreifen kann."

„Oh Ina, du bist wirklich böse." Pause. „Aber es wäre ein guter Artikel", schiebt sie noch schnell hinterher.

„Jaja, ich weiß", jetzt habe ich keine Lust mehr über die Vergangenheit zu reden. „Bis bald und danke für die Neuigkeiten."

Ich lege auf, das reicht für heute.

Keine Minute später sind die Artikel bei mir und ich sehe zwei große Bilder von Sergeij auf der Titelseite. Aha, daher weht der Wind. Auf einem zeigen sie ihn von der Seite, mit dem Blick nach vorne gerichtet. Gott, er ist so theatralisch, er schaut wie der frisch gewählte Barack Obama, aber lang nicht so gutmütig, sondern missgünstig und arrogant. Dank sei Gott, dass sich die Welt nicht auf Sergeij verlassen muss.

Auf dem anderen schaut er weinerlich in die Kamera und sitzt in einem leeren Raum. Darunter die Unterschrift ‚Die Operndiva ließ ihn ohne Hab und Gut zurück.'

Was für eine Memme.

Wann sind Männer eigentlich so verweichlicht? Er hatte nichts, als er bei mir einzog, entsprechend gehörte auch alles mir. Wir waren nicht mal richtig zusammen, er war eine Episode und nun versucht er, den letzten Glanz abzugreifen. Erbärmlich, einfach erbärmlich.

Die Begegnung von heute Morgen, der Anruf meiner Schwester und diese Artikel. Die müssen gestern noch irgendwann erschienen sein, im Hotel haben sie sie mit

Sicherheit schon in ihren Ordnern. Dann taucht auf einmal von Stein auf und Christopher begutachtet ihn argwöhnisch. Irgendwas ist hier los und ich sollte schnellstens herausfinden, was das ist.

Ein ungutes Gefühl breitet sich in mir aus

VIER

Ich fahre erstmal nach Victoria, oder besser: Rabat, wie die Einheimischen sagen. Ablenkung ist immer gut in solchen Fällen. Niemand dort interessiert sich für mich, niemand kennt mich. Ich sehe aus wie eine beliebige Touristin. Nur ein paar ausgewählte Leute wissen, dass ich eine Sängerin war und an der Oper gearbeitet habe, und dennoch interessiert es eigentlich niemanden. Sie stellen ein, zwei Fragen, aber das wars dann. Victoria hat ja selbst eine bekannte und renommierte Oper - eine Sängerin zu sein, ist hier also nichts Besonderes.

Darum ist die Insel überhaupt solch ein Ruhepol. Hier haben alle irgendwelche ungewöhnlichen Geschichten und ich falle nicht darunter auf.

Ich steige in den Bus und fast alle Plätze sind noch frei. Es ist klimatisiert, der Bus fährt elektrisch, wir sind hier einfach viel weiter als in Deutschland. Manchmal nehme ich absichtlich die langsamere Route über alle Dörfer, heute aber den direkten Weg. Ich brauche ein Ladekabel für meine Iqos. Im Hotel hatten sie keinen Ersatz, meins hat heute Morgen den Geist aufgegeben, gerade, als ich es am dringendsten brauchte.

Rauchen ist auch so eine Sache, die ich nur alleine machen kann - alleine auf meinem Zimmer, nirgendwo sonst. Eine ehemalige Sängerin, die raucht, das ist quasi der Totalabsturz. Heimlich rauchen natürlich viele, sich damit zeigen grenzt aber an Asozialität, als hätte man vergessen, dass man mal auf einer Bühne gestanden hat. Als hätte man vergessen, wer man ist. Bei den Männern machen das einige, aber die haben auch oftmals die Kontrolle über ihr Leben verloren. Das kann man ja auch an Sergeij sehen. Bei Frauen - ausgeschlossen.

Ich steuere den erstbesten Supermarkt an, meistens haben sie dort auch Elektronik-Zeug, aber das entsprechende Regal ist leer, ausverkauft, vermutlich hatten alle Malteser, die gestern ankamen, ihre Ladegeräte vergessen und nun ist alles vergriffen.

Schräg gegenüber ist ein kleiner Laden für Elektroreparaturen, die werden bestimmt auch Kabel haben, ich versuche es dort. Von draußen sieht alles ganz normal aus, aber nachdem ich die Tür öffne, stehe ich in einem leeren Flur, zwei Meter vor mir ein Absperrband, dahinter laufen zwei halbnackte Kleinkinder umher. Heiliger Vater! Zumindest sehen sie gesund aus (und klingen auch gesund mit kräftigen Stimmchen und roten Bäckchen, da könnte man was draus machen, wenn man die Stimmen früh genug pflegen würde).

Jemand kommt mir entgegen, Ende 30, würde ich sagen, vermutlich der Vater, wirkt ganz schön überfordert mit den beiden Kröten, die immer noch laut sind, sieht auch sehr müde aus, wahrscheinlich ist die Frau krank und nun muss er sich kümmern. Doppelbelastung nennt man das, glaube ich? Er sollte sie mal zur Ruhe bringen, sonst sind die irgendwann heiser, dieses Gequäke schlägt ziemlich auf die Stimme.

Ich frage ihn nach dem Kabel und zeige auch meine Iqos, damit nichts schiefgehen kann. Jetzt geht er in den hinteren Teil des Geschäfts, es ist alles verkramt, aber er sieht so aus, als würde er sich irgendwie durchfinden. Wie heißt es doch so schön: Das Genie beherrscht das Chaos. Auf ihn trifft das definitiv zu, denn er wird in all dem Schrott fündig. Gott sei Dank, damit werde ich mich beruhigen können. Mein

Nervenkostüm ist nicht mehr das Beste, mit dem Alter wird man nervöser und weniger belastbar.

Erst jetzt sehe ich, dass ganz hinten noch eine alte Frau sitzt und mich skeptisch beäugt. Wahrscheinlich die Schwiegermutter.

Keine Sorge, ich klaue den Mann der Tochter schon nicht (vielleicht ist sie sogar ersthaft erkrankt?). Ich lächle sie ein wenig an und siehe da, es kommt ein Lächeln zurück und jetzt ruft sie die beiden Kleinen. Die hören sogar auf Namen.

Ich habe alles, was ich brauche, und bin weg. Gerne würde ich draußen noch einen Kaffee trinken, aber die Stadt ist heute so voll, dass es keinen Spaß machen würde.

Ich gehe noch in ein, zwei Läden und versuche Frustshopping, doch der Frust ist so groß, dass es nicht klappt. Ich habe nichtmal Lust etwas anzuprobieren. Das kommt sehr selten vor, habe ich doch eine unstillbare Liebe für alles Schöne. Das war früher eine der besten Dinge an der Oper - die Kostüme, das Verwandeln in andere Personen, das Entfliehen in andere Welten.

Aber heute, in all dem Trubel, wird das nichts werden.

Da sieht man wieder einmal, wie sich manche Männer als ellenlange Schatten über das Leben legen können. Gerade denkt man, sie los geworden zu sein und dann schmeißen sie einem Schmutz in der drittklassigen Tagespresse hinterher.

Irgendwie möchte ich diesen Ausflug nicht komplett an Sergeij verschwenden, deshalb kaufe ich schlussendlich doch noch etwas: Einen Hut. Ich trage nur noch selten Hüte, obwohl ich das sehr schick finde, aber es ist eben ein wenig aus der Zeit gefallen. In einem Hotel leben und einen Hut tragen, das geht aber doch noch ab und zu.

Von einer Pseudo-Psychologin habe ich einmal gelernt, dass es gut ist, Wut und Ärger symbolisch auf etwas zu übertragen. Ich habe jetzt also einen Hut gekauft, mit Absicht einen ziemlich hässlichen, mit gräulichem Tarnmuster - und der ist jetzt Sergeij. Die Verkäuferin, eine junge Einheimische mit viel Goldschmuck (wobei ich denke, dass alles vergoldetes Silber ist - warum sollte sie sonst hier arbeiten?), schaute mich auch etwas irritiert an. Ich bin zwar nicht mehr jung, aber dafür äußerst gepflegt und meine Chanel Sonnenbrille gibt einfach keine gute Kombi zum Tarnmuster.

Ja, meine liebe, denke ich, komm du erstmal in mein Alter und dann sprechen wir nochmal über die langen Schatten des Lebens. Sie fragt nichts, obwohl sie viele Fragen hat - das ist der Effekt der Sonnenbrille, immer wieder hilfreich.

Sergeij (der Hut) ist jetzt jedenfalls in der Tüte und wenn ich nach Hause komme, stopfe ich ihn in die hinterste Ecke der Kommode. Damit habe ich ihn dann symbolisch weggeschlossen.

Sowas habe ich schon öfter gemacht und es hat immer geholfen. Die Schublade ist deshalb auch recht voll. Wenn es ganz schlimm kommt, kann man dann alles wieder rauskramen und verbrennen, so machen die das angeblich auch in der Traumatherapie. Aber die Psychologin sagte damals, das wäre dann schon das äußerste und man muss aufpassen, vor allem, wenn sich die Abneigung gegen bestimmte Menschen richtet, dass es nicht zu physisch wird und in richtigen Hass ausartet.

Ich kann mir durchaus vorstellen, dass der Schritt zum tätlichen Angriff dann nicht mehr weit ist.

Bis auf diesen praktischen Tip waren unsere Gespräche leider immer ziemlich erfolglos. Sie hat einfach nie einen Draht zu mir gefunden. Es fing schon damit an, dass sie mir zwangszugeteilt wurde. Die Oper bestand darauf nach dem Kristallkugel-Vorfall. Da kamen sie dann auf die grandiose Idee mir die Theaterpsychologin zur Seite zu stellen, Friederike, die eigentlich Theaterpädagogin ist und mal ein paar Kurse in Psychologie belegt hat. So sollte alles intern bleiben. Der Theatervorhang ist dick und schwer.

Friederike jedenfalls war mir schon immer suspekt. Sie trägt gerne schwarze Etuikleider und farbige Strumpfhosen, in rot, gelb, orange, grün. Und dazu dann den passenden Schal. Wie so eine Kunstlehrerin, die auf einmal Deutsch unterrichten muss, irgendwie deplatziert. Die Brille sah auch so nach Deutsch aus. Leistungskurs. Wenn sie die Klasse nicht zur Ruhe bringen kann, heult sie. So jemand ist sie.

Friederike attestierte mir jedenfalls eine „unbewältigte Aggression" und zwar schriftlich an Auer, der ja mein Opfer und gleichzeitig mein Vorgesetzter war. Wer hätte gedacht, dass man solch kluge Schlüsse ziehen kann. Ohne Aggression hätte ich vermutlich auch nicht mit einer Kristallglaskugel geschmissen. Unsere Gespräche waren jedenfalls von dieser bahnbrechenden Erkenntnis durchzogen und das war dann auch schon alles. Küchenpsychologin im Haupterwerb.

Da lässt man sich jahrelang kleinmachen und kritisieren und hin und her schubsen und tut alles, damit man selbst immer noch besser wird und noch einmal mehr und diese Stelle noch und noch das eine Mal, dann ist es perfekt. Und wenn man dann einmal, nur ein einziges Mal die Kontrolle verliert, also quasi ein kleines Malheur passiert, dann ist man der untragbare Krisenfall. Ich kann gar nicht so viele Sachen kaufen, damit ich die ganze falsche und verkommene Oper in die Kommode stopfen kann.

Nun will ich nach Hause.

Entgegen meiner Erwartung einer unkomplizierten und schnellen Rückreise warte ich nun schon seit 30 Minuten auf den Bus, zwei Linien sind schon ausgefallen.

Auch das gehört dazu. Von alles ist top modern bis Dritte Welt bietet Gozo jedes Gefühl. Das fängt schon im Flugzeug an, egal, von welchem Ort man nach Malta fliegt, es ist immer eine diverse Gruppe an Menschen an Board, für jeden etwas dabei, nur sitzt man immer neben denen, die man selbst als unangenehm empfindet. Deshalb verlasse ich die Insel einfach gar nicht mehr. Es ist wesentliche besser, einfach hierzubleiben.

Im Normalfall würde ich jetzt den Fahrer vom Hotel rufen, aber dank der Schlagzeilen ist mir das nun irgendwie doch zu heikel, es gab ja schonmal Fotografen dort und ich will nichts provozieren. Und dann gibt es ja auch noch von Stein.

Ich male mir zehn Minuten lang diverse Horrorszenarien aus. Nach weiteren zehn Minuten kommt endlich mein Bus und natürlich ist er völlig überfüllt.

Ich stehe auf den 15 Minuten Rückweg, aber zumindest stehe ich unbeobachtet.

FÜNF

Wieder Ruhe, wunderbar. Ich sollte mich diesem schrecklichen Text widmen, denn im Grunde hat Lydia ja recht, das war doch etwas kurz gegriffen.

Ich hasse es, wenn sie recht hat und ich das sogar noch zugebe. Ich bin doch die große Schwester. Ich sollte Recht haben. Aber das war früher schon so. Ich sage etwas und dann unterwandert sie es. Sicher ist das so ein Trieb der Zweitgeborenen, die ein Leben lang um die Aufmerksamkeit der Eltern kämpfen oder zumindest meinen das tun zu müssen.

Also über was schreiben? Was könnte man über Gozo wissen wollen?

Ich muss unweigerlich an das britische Paar denken, dass neulich am Pool saß, als ich gerade im Wasser war. Lobster Style und stark übergewichtig. Das ist so ziemlich die Kernzielgruppe der Insel, die schaffen auch die großen Portionen in den Restaurants und sind dankbar, dass es keine Sprachbarriere gibt – Englisch ist ja zweite Amtssprache. Das ist natürlich sehr praktisch, keine Frage. Der Lobster-Mann jedenfalls hatte einen ziemlich umfangreichen Bauch und er hat ihn ausgesprochen lange eingecremt, sehr liebevoll, so wie eine Schwangere, die ihren Bauch mit Öl einreibt. Solche Selbstliebe können nur Männer für sich aufbringen, da bin ich ganz sicher, jede Frau hätte solche Zuneigung gerne nur für ein einziges Teil ihres Körpers. Er sollte Kurse dafür geben.

Aber wahrscheinlich will sowas niemand wissen beziehungsweise lesen.

Oder vielleicht doch, es war ja lustig anzusehen, dann ist es vielleicht auch lustig zu lesen.

Ich schreibe einen Absatz und schicke ihn an Lydia. Damit habe ich erstmal wieder meine Ruhe und sogar guten Willen gezeigt.

Im Grunde haben diese Schmierblätter ja gar nicht so Unrecht. Ich muss schließlich mit irgendwas auch irgendwann mal wieder Geld verdienen. Zwei Jahre im Hotel haben ein großes Loch in meine Rücklagen gefressen, die Abfindung, die ich damals bekam, ist fast aufgebraucht. Das habe ich jetzt eine Weile lang erfolgreich vor mir hergeschoben, Verdrängung ist eine große Stärke von mir.

Also warum nicht schreiben? Das kann doch eigentlich jeder. Von Stein ja auch. Genau, ich könnte Kritikerin werden, ich bin ja weitaus besser ausgebildet als er.

Aber dann müsste ich zurück in die Musikwelt und mich diesem Wahnsinn wieder hingeben. Und ich müsste irgendwas an diesem Betrieb auch mögen, ansonsten wäre ich genau so ein Nörgler wie er. Also doch eher Reiseführer oder Romane, ja, Romane wären gut. Und was schreibt man da rein? Liebesgeschichten gehen doch immer, besser Liebestragödien. Da finde ich einige auf der Insel. Nur so als Inspiration. Ich würde natürlich niemals über reale Menschen schreiben, ich weiß, wie sich das anfühlt.

Also einen Liebesroman, Laurent kann mich auch mit genügend Gossip versorgen, damit mir die Ideen nicht ausgehen. Irgendwo habe ich auch mal gelesen, dass man sich erst einen Plott ausdenken soll, bevor man drauf los schreibt. Das ist so unkreativ, so mechanisch. Entstehen so wirklich Bücher?

Ich habe hier mal mit einem Schriftsteller zu Abend gegessen. War ganz nett, aber doch irgendwie anstrengend. Er schaute mich immer so an und ich wurde das Gefühl nicht los, dass er mich als Inspiration benutzte, weil ihm nichts mehr einfiel. Er wollte sich dann gerne noch ein zweites Mal treffen, um weitere Inspiration aus mir heraus zu saugen, aber das habe ich dann ziemlich rigoros verneint.

Man erwartet bei einem Schriftsteller ja, dass man da einem Genie gegenübersitzt und die Konversation nur so vor sich hinfließt wie ein ruhiger, gut gefüllter Bach, der sich ab und zu auch mal in einen reißenden Strom verwandeln kann. Und dann stellt man fest, dass es eher so plätschert und zwar ziemlich langsam, wie die Duschen hier, wenn man den Strahl voll aufdreht und dann doch nur ein paar Tropfen kommen. Man gewöhnt sich natürlich daran und irgendwann stört es nicht mehr, aber man macht es auch nicht, wenn es nicht unbedingt sein muss und so war es dann eben auch mit dem Schriftsteller. Alles in allem also eine ziemliche Enttäuschung, eher Handwerk als Genie.

Er war dann auch recht enttäuscht, hatte mich wohl schon als Figur irgendwo eingebaut, schätze ich mal, aber das ist am Ende auch nicht mein Problem. Er wohnte dann noch eine Weile in einem Bed&Breakfast – sein Budget war nicht ganz so großzügig wie meines.

Ich müsste mal was von ihm lesen, dann finde ich vermutlich die Erklärung dafür. Vielleicht tue ich ihm auch Unrecht damit. Wer weiß. Als er abreiste, waren sie jedenfalls froh, hat Laurent mir im Nachgang erzählt. Und wenn Laurent es weiß, dann ist es Stadtgespräch.

Den Namen des Mannes habe ich nun auch schon ganz vergessen. Er war schrecklich kompliziert.

Von meiner Terrasse aus blicke ich auf das Kreuzfahrtschiff. Das muss heute irgendwann im Laufe des Tages aufgetaucht sein. Eine Weile lang kamen sie gar nicht, alle dort hatten Corona, das waren die Superspreader der Meere. Diese Krise haben sie nun scheinbar überstanden, wobei ich gelesen habe, dass eine neue Welle kommt. Kann sein, dass sie dann wieder wegmüssen.

Ich kann mir gar nicht vorstellen, wer freiwillig auf so einen Riesenbunker geht. Ich würde das nicht tun. Du bist wie in der Sardinenbüchse eingepfercht. Und dann stellst du es dir natürlich vor wie beim Traumschiff, wo sie immer nur mit zehn Mann filmen. Wenn man dann drauf ist, sind da aber 1000 Mann, mindestens, oder sogar noch mehr und wenn Alarm ist, geht man unter. Das lief schon bei Titanic nicht gut, darüber wurde sogar ein Musical geschrieben (mal abgesehen vom Film), furchtbar. Ich hasse Musicals. Die Talente dort sind auch eher begrenzt und dann hüpfen sie alle so viel rum, kein Wunder, dass die Musik darunter leidet. Das Musical ist die Oper fürs Volk.

Und dann habe ich noch gelesen, dass es da immer so viele Suizide gibt. Meine Güte, ein Urlaub, in dem man mit tausend anderen auf engem Raum ist und sich ständig fragt, ob jemand gerade über Board geht oder das Schiff absäuft. Gestern hast du noch mit ihm diniert, der Kapitän stellte sich ihm vor, morgen springt er ins Wasser, reinster Horror.

Da kann ich mir entspannendere Orte vorstellen. Dieses Hotel zum Beispiel. Etwas in die Jahre gekommen, aber durchaus akzeptabel. Ich habe eines der großen Zimmer, anders kann man nicht in einem Hotel wohnen, aber auch so geht es nur, wenn man alles entsorgt, was man nicht braucht. Ich war ziemlich überrascht, dass ich fast nichts brauche, vor allem nach den vielen Jahren an der Oper und den extravaganten Kleidern und Kostümen, von denen ich einige sehr geliebt habe. Ein paar Sachen habe ich deshalb einlagern lassen, man muss ja auch mal die Garderobe wechseln, aber die Möbel zum Beispiel sind alle weg.

Darüber ist Sergeij auch in Rage geraten. Ich habe alles an Bedürftige verschenkt und er ging leer aus. Aber er hat ja ein Einkommen und wenn er Sänger werden will, dann kann er ja an sich arbeiten. Von nichts kommt nichts. Doch leider gehört er zu den Menschen, die sich nur über andere definieren, weil sie selbst nicht viel sind.

Nicht, dass ich immer noch Groll gegen ihn hege, eigentlich habe ich das nie getan. Manchmal tat er mir einfach nur leid. Aber auch das war keine besonders gute Grundlage für eine Beziehung. Zumindest nicht für eine Liebesbeziehung. Da ist man dann unentwegt damit beschäftigt dem anderen nicht aus Versehen das Gefühl zu geben, dass er einem zu wenig ist. Meistens ist dem ja nicht mal so, sondern der andere hat nur das Gefühl, weil er einen Haufen Komplexe mit sich rumschleppt. Bei Sergeij war das jedenfalls so. Dabei hatte ich ihn sogar ganz gern. Wir konnten zusammen essen, er war nette Gesellschaft, er konnte sehr lustig und charmant sein. Gutaussehend war er auch. Im Bett war es auch nicht schlecht, aber zu gut fehlte das Gefühl. Aber irgendwas ist ja immer. Den ganz großen Treffer landet man selten und Sergeij war es nicht, so viel kann ich sagen. Aber es war solide, auch das ist etwas wert.

Aber er war auch so launisch. Das sind die aus dem Chor immer, das machen die Komplexe. Da stehe ich morgens um 7 Uhr auf und mache Café und frisch gepressten Orangensaft und danach setze ich mich ans Klavier und übe die ersten Stellen (denn woher soll der Erfolg sonst kommen?) und dann beschwert er sich, ich würde ihm nicht genug Aufmerksamkeit schenken. Mich bezeichnen sie als Operndiva und dabei mache ich meinen Café selbst. Nicht einmal habe ich Café ans Bett bekommen und ich weiß, dass manche Frauen das jeden Tag von ihren Männern bekommen. Einige wenige. Die haben ganz großes Glück.

Mit Sergeij war das jedenfalls nicht so. Irgendwann ist er dann aus dem Bett gekrochen und hat die Reste Café und Orangensaft ausgetrunken und saß dann manchmal noch 20 Minuten im Zimmer und hat mir zugehört. Dann tat er so, als würde er mich bewundern, aber im Grunde empfand er nur Neid. Das hasse ich am allermeisten, wenn mir jemand beim Üben zuhört und eigentlich kein Interesse am Fortschritt hat. Es gibt doch einen Grund, weshalb man sowas VOR der Aufführung macht. Sergeij hat das dann irgendwann gemerkt und dann hat er mir dermaßen viele Komplimente gemacht, dass ich schon wusste, dass es sich überhaupt nicht auf meine Stimme bezieht, sondern dass er da wieder aus Unsicherheit irgendeinen Unsinn von sich gibt. Wäre er besser gegangen oder hätte einfach still dagesessen.

Oder vielleicht hätte er auch auf die Idee kommen können selbst zu üben. Aber das tat er so gut wie nie außerhalb der Chorproben und daran erkennt man schon, dass er zwar Talent hat, aber nicht besonders viel Ehrgeiz und was ihm gänzlich fehlt ist Disziplin und deshalb ist er eben ein Chorsänger und kein Solist.

Jetzt habe ich doch das Gefühl, dass ich noch einen zweiten Hut für die Schublade kaufen sollte. Ewig habe ich nicht mehr an Sergeij gedacht, die Insel lässt einen alles vergessen.

SECHS

Heute ist Strandtag – jede Ablenkung ist hoch willkommen.

Es gibt unzählige viele schöne Flecken auf Gozo und natürlich auch Strände. Wenn, dann fahre ich immer direkt morgens, wenn es noch nicht voller Touristen ist. Diese überlaufenen Spots sind nichts für mich. Ich bin zu alt für Instagram.

Morgens ist es also meistens noch leer und das Wasser ist noch frisch und kalt. Ab und zu sehe ich dann auch die Nonnen am Meer. Sie gehen dort hin um sich abzukühlen und mal die Beine ins Wasser zu hängen, das Kloster ist ja um die Ecke. So gesehen wohnen sie wirklich viel komfortabler als die in den anderen Ländern, zum Beispiel in den Bergen, zu denen kaum Sonne vordringt. So ist es wie mit allen Dingen im Leben; die einen haben Glück und die anderen eben nicht.

Manchmal schnorchele ich, das finden vor allem die Taucher total suspekt. Die Taucher wiederum werden von den Gozitanern beäugt: Es sind Marsmenschen für sie mit dem ganzen Zeug um sich herum.

Heute sind die Taucher auch wieder da und haben so kleine Torpedos dabei. Es sind natürlich keine echten Torpedos, ich nenne sie nur so, weil sie so aussehen. Eigentlich heißen die Scooter. Einer der Taucher erklärt mir, dass sie damit durchs Wasser schießen können. Damit schaffen sie also viel mehr Strecke als sonst, sehen dafür aber auch viel weniger. Im Prinzip also große Spielzeuge, man braucht aber eine

Einweisung, das kann nicht jeder einfach so machen. Die Taucher sind da ziemlich streng, aber ich finde das auch gut so. Da kann schon einiges passieren unter Wasser. Für die Torpedos heute sind jedenfalls nur Männer da. Ich hab mir sowas schon gedacht. Das ist wie Ferrari fahren unter Wasser. Wird bestimmt auch teuer sein. Tauchen ist ohnehin ein sehr teures Hobby. Auch wenn die Taucher nie so aussehen, die meisten von ihnen haben recht viel Geld, zumindest wenn sie ihre eigene Ausrüstung haben. Das kann sich nicht jeder leisten.

Wenn ich also zusätzlich zu den zwei Jahren Hotel noch regelmäßig getaucht wäre, hätte ich vermutlich nur ein Jahr wohnen können. Da sieht man mal, was man spart, wenn man nicht tauchen geht.

Der Strand hat nur ein paar wenige Liegen und Sonnenschirme. Immer wenn ich hier ankomme, denke ich an einen italienischen Strand in den 60ern. Alles eher shabby chic und auf einer Anhöhe steht ein Kiosk, da gibt es recht leckere Snacks. Er besteht aus verschiedensten Möbeln, nichts passt zusammen, alles ein bisschen in die Jahre gekommen. Aber es passen eben auch nicht viele Menschen dort hin und das macht es ganz exklusiv, auch wenn es gar nicht so aussieht. Meistens ist leider genau das ausverkauft, was ich gerne esse. Mit Salaten haben sie es hier sowieso nicht so. Außer mir bestellt aber auch niemand den Salat mit Räucherlachs, denke ich. Wie auch der Strand, ist der Kiosk samt Bewirtung eher improvisiert. Taucher und andere Hippies fühlen sich hier sehr wohl und Manager, die gerne Hippies geworden wären, aber irgendwann im Leben falsch abgebogen sind.

Ich schwimme ein wenig im Meer und liege dann unter einem der zehn Sonnenschirme. Heute ist es recht windig, bald können sie hier nicht mehr tauchen, nach zwei Jahren erkenne auch ich das Wetter, vor dem sie sich fürchten. Das bestätigt mir schließlich auch einer aus der Tauchergruppe. Ich habe das schon oft beobachtet: Wind ist der Feind des Tauchers, zumindest, wenn man es etwas ruhiger und sicherer mag. Und wenn sie hier mit den ahnungslosen Touristen tauchen gehen, wollen sie natürlich kein Risiko eingehen. Wenn da einer drauf geht, können sie die Basis schließen und dann sind gleich wieder ein paar Leute arbeitslos.

Das kommt ja öfter vor als man so denkt, dass jemand im Urlaub verstirbt. Nicht nur auf den Kreuzfahrtschiffen, auch in den Hotels. Ich habe mein Zimmer auch etwas günstiger bekommen, weil es dort einen Suizid gegeben hat. Meine riesige Terrasse verleitet aber auch dazu. Es sprang einer runter und wie man sich denken kann, es ging nicht gut aus. Die lokale Zeitung hat darüber berichtet, das fand das Hotel natürlich gar nicht lustig. Norbert konnte sich noch daran erinnern und er meinte auch, danach konnten sie das Zimmer nicht mehr gut vermieten. Die meisten Leute sind sehr abergläubisch. Hätte ich das damals gewusst, hätte ich einen noch besseren Deal rausschlagen können. Aber Norbert lernte ich erst später kennen. Andererseits habe ich das Hotel so durch die Krise gebracht und der Manager musste nicht den Bittsteller vor mir machen. Das geht nicht gut mit dem männlichen Ego hier.

Ich esse mittags mit den Tauchern. Alles Deutsche und Schweizer, sehr nette Menschen und niemand kennt meine Vergangenheit. Für die bin ich nur irgendeine Auswanderin, nichts besonderes auf dieser Insel. Sie reden über die Neue im Hafenörtchen, hat ein Restaurant eröffnet, sehr nobel, es hat Jahre gedauert, sie brauchte die Türen aus Mahagoni und dafür hat sie dreimal die Eröffnung verschoben. Während das alte Haus umgebaut wurde – alles musste auf europäische Normen getrimmt werden, also unvorstellbarer Aufwand für Gozo – hat man sie nicht ein einziges Mal gesehen. Sie tauchte erst auf, als alles fertig renoviert war, den Bau mussten andere für sie überwachen und alles ganz genau dokumentieren.

Und mich bezeichnen sie als Diva.

Sie hat schon jetzt keinen guten Ruf im Ort, aber sie scheint mächtige Freunde zu haben. Als ich sie neulich mal kennenlernte, fand ich sie zumindest sehr unterhaltsam. Und seien wir mal ehrlich, ohne Vitamin B wären wir alle nicht weitergekommen. Du musst immer den richtigen Mann an der richtigen Stelle kennen und dann geht das Leben weiter. Nur so kam ich nach Gozo.

Das sage ich auch den Tauchern, die sich ziemlich an ihr abarbeiten. Klar, die Taucher kämpfen sich durch, Monat für Monat, es ist mühsam mit den Gästen. Und Liliana, so heißt sie, kommt und alles steht und ist fertig und irgendwer pumpt regelmäßig Geld in den Laden. Dagegen haben es die Taucher schon ziemlich schwer. Ich würde auch nicht gerne Touristen betreuen – die sind immer anstrengend, egal wie es anfänglich scheint. Bis auf die Schweizer, die sind selten anstrengend, heute haben sie auch zwei dabei: Er taucht seit Jahrzehnten und sie hat irgendwann mal ihm zuliebe angefangen, ist aber nicht schlecht, denke ich. Aber natürlich habe ich keine Ahnung.

Ich frage sie, wo sie wohnen und sie nennen mir den Namen eines Bed&Breakfast. Ja, kenne ich, da hat auch der Schriftsteller gewohnt. Für mich wäre das nichts, keine Terrasse, kein Pool, keine Irma, kein Christopher, sogar Maggie würde ich vermissen. Was soll ich sagen, das Leben der Schweizer ist einfach zu karg für mich. Sie sparen alles, um es dann beim Tauchen im Wasser zu versenken, im wahrsten Sinne des Wortes. Was für ein Leben.

Es war nett mittags, aber die Taucher werden irgendwann anstrengend, denn sie kennen nur dieses eine Thema (zumindest wenn sie unter sich sind).

Ich breche auf und denke kurz darüber nach, ob ich das Hoteltaxi anrufen sollte, entscheide mich dann aber doch wieder dagegen. Irgendwas in mir sagt, dass das keine gute Idee ist. Also wieder der Bus, ich habe ja auch Zeit.

SIEBEN

Dinnertime. Gerade als ich mich für den Aperitif nach unten begeben will – für gewöhnlich nehme ich einen Aperol oder Negroni auf der Barterrasse, bevor ich zum Essen ins Restaurant gehe- wird ein Zettel unter der Tür durchgeschoben: Giuseppe möchte mit mir zu Abend essen. Eine sehr seltsame Art das zu erfragen, wie ich finde. Sind wir in der Grundschule? Er hätte Christopher oder meinetwegen auch Maggie schicken sollen, aber nun gut. Er wird irgendein Anliegen haben und deshalb bin ich natürlich zu neugierig, als dass ich diese seltene Einladung ablehnen könnte.

Giuseppe wartet schon unten auf mich und weist den Weg zu einem Fenstertisch, alles andere wäre auch unpassend gewesen. Den Aperitif überspringe ich heute also ausnahmsweise, Giuseppe hat schon Wein geordert und zwar zwei verschiedene Flaschen Rotwein – das sind die Vorzüge, die man hat, wenn einem der ganze Laden gehört. Starker lokaler Rotwein, ich probiere und denke, dass ich den öfter mal trinken sollte. Zumindest ein Trost, der mich über den verlorenen Negroni hinwegbringen kann.

Als erstes erzählt er mir von irgendeiner Zeitung, in der er gelesen hat, dass in Deutschland eine Mutter gemeinsam mit ihrer Tochter ins Gefängnis gegangen ist. Scheinbar eine Teenietochter, während die Mutter gerade in den Wechseljahren ist, ideale Kombi. Beide haben sich mit den

Händen auf die Straße geklebt, auf einer Autobahn, und haben so den ganzen Verkehr blockiert – sogenannte Klimaaktivisten. Er gestikuliert immer mehr, je länger er von der Geschichte berichtet, es regt ihn richtig auf. Eine lange Fotostrecke sei es gewesen, man hätte sie dann verhaftet (nachdem die Polizei den Kleber gelöst hat) und dann wäre auch noch das zweite Kind gekommen und hätte seine Mutter und Schwester aus dem Gefängnis abgeholt.

Inzwischen kommt ein Gericht, welches ich nicht geordert habe – Giuseppe hat also schon alles vorbereitet, zwei sehr rote Steaks mit Pommes. Schon wieder Pommes, aber neben dem Steak liegen noch zwei Salatblätter mit einer Tomatenscheibe, die ich entsprechend als Beilage identifiziere.

Ob das in Deutschland normal sei, dass Mutter und Tochter zusammen in den Knast gehen, ob dass nicht ein bisschen übertrieben sei und wie sie das überhaupt ausgehalten haben auf dem heißen Asphalt die ganze Zeit, will er schließlich wissen, so, als wäre ich für alles verantwortlich, was in Deutschland passiert.

Ja, mein lieber Giuseppe, das würde ich auch gerne wissen.

Vor allem die Sache mit dem Asphalt scheint ihm völlig unverständlich, also versuche ich ihn daran zu erinnern, dass es in Deutschland ja nicht annähernd so heiß ist wie auf Gozo. Außerdem machen die das ja auch im Winter. Beim Rest möchte ich mich lieber bedeckt halten. Was weiß ich schon über Mutter-Tochter-Beziehungen und Klimaangst? Die ganze Geschichte klingt jedenfalls sehr unangenehm. Geht das Mädchen eigentlich noch zur Schule? Wer stellt sie denn vom Unterricht frei? Es gibt schon Gründe, weshalb ich nach Gozo gekommen bin und ich entdecke im Laufe der Zeit immer mehr.

So amüsant diese Erzählung auch ist, sie endet abrupt in dem Moment, als Giuseppe mir erklärt, dass dieselbe Zeitung angefragt hat, ob es möglich sei, ein paar Tage hier im Hotel zu bleiben. Er ist nun beim letzten Drittel seines Steaks angelangt, es schwimmt in einer blutigen Soße, die Pommes sind schon weg, der Salat hingegen unberührt. Ich denke, für ihn ist das einfach nur Deko.

Jetzt frage ich doch mal, wie die Zeitung heißt.

LEUTE HEUTE.

In Ordnung. Also exakt das Blatt, welches Sergeij im Großformat portraitiert hat, den armen Sergej, der mit nichts von mir zurückgelassen wurde. Ein armes Straßenkind.

Bis eben war ich guter Dinge, dass ich das Fleischstück – sie hatten mir schon ein kleineres als ihm gegeben, Gott segne sie – schaffen könnte. Nun geht mir jedoch der Appetit verloren.

Die Stille irritiert Giuseppe, deshalb versucht er mir nun zu erklären, dass er natürlich abgesagt habe, denn solche Schmierfinken brauche er ganz sicher nicht. Gott segne auch ihn.

Natürlich stellt er sich hinter mich, ich bin sein Dauergast und sichere einen nicht unbeträchtlichen Teil seiner Kosten.

Nein, dafür müsse ich mich nicht bedanken, fügt er noch hinzu, dass sei doch selbstverständlich, so gut, wie wir uns kennen.

Richtig, genau das denke ich auch, was für ein guter Mensch. Und wen interessiert diese lächerliche kleine Geschichte schon. Wie zuvor, wird sie in wenigen Tagen vergessen sein. Dann verschwindet Sergeij wieder in der Bedeutungslosigkeit aus der er gekrochen kam und ich habe meine Ruhe.

Giuseppes Einsatz stimmt mich eigentlich recht zuversichtlich, auch wenn ich mein Misstrauen nicht ganz aufgeben kann.

Ich denke wieder an von Stein und diesen Artikel. Ist das wirklich Zufall?

Ich frage Giuseppe, ob er etwas über den Aufenthalt vom Stein weiß, aber er verneint, während er den letzten Schluck aus seinem Glas nimmt. Sein Gesicht ist nun sehr rot und rund

und er sieht sehr zufrieden aus. Ich hoffe, er fährt so nicht mehr nach Hause (das kann man hier nie wissen). Spät ankommen ist die eine Sache, betrunken spät ankommen die andere. Und betrunken, spät und vom Dinner mit einer anderen Frau zurückkommen, ist hier ganz sicher ein Scheidungsgrund. Aber das weiß Giuseppe natürlich selbst am besten.

Wieder auf meinem Zimmer, lasse ich mir noch einen Aperol bringen.

Danke Maggie, sie lächelt sogar, sie hat gleich Feierabend und will vermutlich einfach nur noch nach Hause.

Das arme Ding, muss immer so viel arbeiten. Ob ich das auch gekonnt hätte in ihrem Alter? Singen ist schon was anderes. Singen ist Berufung... das hier... das ist Schinderei. Naja, wenn ich gemusst hätte, hätte ich es sicher gekonnt.

Ich setze mich auf die Terrasse und genieße den Ausblick. Der Hafen, die vertrauten Geräusche aus der Bar, das dunkle Meer, die Lichter, der Sternenhimmel. Rechts oben thront die Kirche, angeleuchtet von verschiedenen Seiten. Für nichts würde ich diesen Anblick eintauschen. Gozo ist mein Zuhause geworden.

Unten knattert es und ein klappriges Moped biegt um die Ecke. Sieh einer an, Maggie wird abgeholt. Wunderbar, dann hat sie Christopher also überwunden.

ACHT

Meine abendliche Melancholie war heute Morgen schon wieder verflogen.

Direkt nach dem Aufwachen fiel mir in einer Schrecksekunde ein, dass da ja auch immer noch ein Text auf mich wartet, für den ich weiterhin keinerlei Ideen habe. Inzwischen sind wieder einige Tage vergangen und ganz sicher wird Lydia bald anrufen und danach fragen. Sie kann so hartnäckig sein, das hat sie mit Sicherheit von unserer Mutter.

Unglaublich, dass ich mich von meiner kleinen Schwester auch heute noch zu etwas drängen lasse, aber so ist es wohl mit der Familie, sie verfolgen einen bis ins Grab und egal, wie bekannt und berühmt man ist, egal, wie viel Geld man verdient oder wie viele schlechte Artikel über einen geschrieben werden, für die Familie bleibt man genau an dem Platz, an dem man für einige wenige Jahre am Anfang seines Lebens war. Als würde sich die Welt nie weiterdrehen.

Bevor ich zum Frühstück gehe, muss ich also unbedingt etwas zustande bringen, ansonsten wird es mich den ganzen Tag verfolgen.

Es war auch mit der Oper immer so. Es gibt Tage, da wachst du auf und du weißt, wenn du jetzt nicht beginnst etwas zu tun, dann wird heute Abend die Welt untergehen – zumindest die eigene - dann kommen das schlechte Gewissen und die Selbstzweifel. Oh ja, die Selbstzweifel, die sind gute Begleiter, wenn man Kunst macht, niemals ist es gut genug und wenn es einmal gut war, dann ist es in der nächsten Sekunde schon wieder vorüber. Die große Angst des Sängers, mit der Freude die Brillanz zu zerstören, in einem Überschwall an Glück den perfekten Ton Zufall zu bringen. Denn nach einem perfekten Ton kommt direkt der Abgrund, der unkontrollierbar in die Tiefe führt, der Ton ist verloren, erloschen oder noch viel schlimmer: verdorben. Und all das verursacht allein durch Unachtsamkeit und Kontrollverlust und gleich danach kommt von Stein und seine ewige Litanei der Verfehlungen.

Bevor ich mich weiter in die Vergangenheit reinsteigern kann, setze ich mich also lieber an die Einleitung. Den Absatz, den ich neulich an Lydia schickte, bekam ich nicht zurück, er blieb einfach unkommentiert.

Was soll ich damit anfangen? Kann sie nicht mal reagieren?

Ich lese nochmal, was ich geschrieben habe, eine leichte Abwandlung der ersten Fassung:

Gozo ist eine kleine, aber wunderschöne Insel. Aufgrund des dörflichen Charakters kennt hier jeder jeden – was den Ort mit Zusammenhalt und Charme füllt. Auf Gozo leben einige Auswanderer, die vornehmlich verschiedenste Wasseraktivitäten anbieten. Das Wetter ist immer gut, warm und sehr sonnig, die Meerwelt ist farbenfroh. Vor allem Taucher lockt die Insel an.

Also ich finde das doch sehr einladend. Und alles ist wahr. Was soll sie daran jetzt noch zu meckern haben?

Ich bestelle mir einen schwarzen Tee. Den brauche ich jetzt dringend, denn es dauert nun mindestens 30 Minuten, bis ich den nächsten Absatz habe.

Ich sollte irgendwas zu den Tauchern schreiben, die erwähne ich ja zuletzt.

Das Tauchen ist eine der besten Aktivitäten, die Gozo bieten kann. Das Meer ist farbenfroh und die Tierwelt sehr prächtig. Die Tauchguides sprechen fast alle Deutsch, weshalb nicht viel schief gehen kann.

Naja, so ganz wahr ist das nicht, wenn ich bedenke, was mir die Taucher manchmal so erzählen. Da haben sie irgendwelche Schüler, die Panikattacken bekommen oder mit ihren Flossen die ganzen Korallen abreißen und das Meer aufwirbeln.

Einmal beschwerte sich einer, dass er gar nichts sehen konnte, weil so eine ungeübte 20jährige die Tiere alle mit ihren Flossen wegkickte.

Für solche Leute sollte Tauchen einfach verboten werden, die machen doch das ganze Meer kaputt. Man lässt ja auch keinen auf die Bühne, der nicht singen kann.

Haben die Fische nicht auch mal ihre Ruhe verdient? Entweder sie werden mit Plastik bekippt oder sie werden mit Flossen gekickt oder sogar angeleuchtet. Denn Lampen haben die ja dann auch alle dabei.

Und dann auch noch die Nachttauchgänge. Der reinste Wahnsinn.

Aber es ist Obacht beim Umgang mit der Meereswelt geboten, es gilt sie zu schützen und sich möglichst fischgleich im Wasser zu bewegen, ohne die Umwelt zu stören.

Das könnte gut kommen. Das klingt verantwortungsvoll und entspricht ja auch der Realität. Ich könnte mal zu den Tauchern rübergehen und fragen, was sie davon halten.

Der Tee kommt und ist schon mit Milch und Zucker versetzt. Christopher lächelt mich an, mein Gott, der Junge hat einfach immer beste Laune. Oder hat er auch eine neue Liebschaft?

In diesem Alter muss man sich ja zwangsläufig eine neue Spielgefährtin suchen, wenn die Ex einen Neuen hat. Das kann man kaum auf sich sitzen lassen. Ob er den Moped-Jungen von gestern Abend gesehen hat? Zumindest sieht er nicht danach aus, es scheint ihn nicht zu stören. Er ist ein hoffnungsloser Fall, niemand will einen Mann, der nie eifersüchtig ist. Aber das begreifen sie in diesem Alter natürlich nicht. Da sind sie verständnisvoll und offen und tändeln mit allen möglichen Menschen rum. Da braucht es das gesprochene Wort damit man weiß, dass man jetzt zusammen ist. Gott, wie anstrengend diese Zeit war, gut, dass ich nicht mehr so jung bin. In meinem Alter ist es dann eher anders herum, dann kettet man sich aneinander und fragt nicht mehr und irgendwie ist allen klar, dass man ein Paar ist, da braucht es eher den Widerspruch. So etwas wie „Ich möchte, dass wir das langsam angehen mit uns".

Oh ja, so erging es Friederike. Während unserer „Sitzungen" hatte sie es mal eingestreut. Sie war monatelang mit einem Mann zusammen – sie dachte zumindest, sie seien zusammen. Und schließlich sah sie ihn mit zwei Kindern im Park mitten in Berlin und es schien, als wären es seine Kinder. Tja und dann geht sie hin und stellt ihn zur Rede und will wissen, was hier los ist. Eine ganz schwierige Situation, denn auch die Mutter der beiden Kinder, also die Ehefrau des Betrügers, war in der Nähe. Als Friedrike also gerade dabei ist, ihm eine Szene zu machen, erklärt es sich quasi von selbst, dass der Mann alle verarscht hat. Die Frau ist stinksauer, Friederike ist stinksauer, die Kinder heulen und der Mann tut so, als würde er Friederike nicht kennen. Wirklich eine ganz unschöne Geschichte. Geradezu ein Trauma.

Zuerst dachte ich, die Geschichte dieser unglaublichen Betrügerei sei eine ihrer billigen Tricks, um mir irgendwelche verkappten Traumata aus meiner Kindheit zu entlocken. Aber tatsächlich war es so passiert, kurze Zeit später wurde im Chor darüber getuschelt – nichts geht über hauseigenen Buschfunk. Es stimmte also und ich wurde das Gefühl nicht los, dass ich nun ihre Therapeutin war. Hätten sie nicht schlussendlich in meine Abfindung eingewilligt, wäre ich das vermutlich auch geblieben – Gott behüte, Friederikes Leben ist zu kompliziert.

Fachkundige Anweisungen werden helfen, die Schönheit von Gozos Natur zu bewahren.

Meine Güte, das Schreiben ist wirklich sehr mühsam. Sollte ich noch schreiben, dass viele Alleinstehende unter den Tauchern sind? Will man sowas in einem Reiseführer lesen?

Den letzten Reiseführer habe ich mit 16 gelesen. Ich kann mich an nichts erinnern. Aber sicherlich hätte ich damals gerne gewusst, wo die Single-Jungs alle Urlaub machen. Wie gesagt, in diesem Alter muss man recht aktiv werden, um in einer festen Beziehung zu sein.

Das Telefon klingelt.

Ich wusste es, jetzt ruft sie an und will die fertige Einleitung.

NEUN

Ich bin auf dem Weg zu Norbert und zwar inkognito. Ich bin quasi auf der Flucht. Es war nicht Lydia, die anrufen wollte, sondern Christopher um mir zu sagen, dass die Schmierfinken von LEUTE HEUTE unten vorm Hotel stehen und warten, dass ich rauskomme und sie ein unsägliches Foto von mir schießen können.

Ich hasse Fotos von mir. Ich sehe nie adäquat aus. Nur in der Oper, das waren gute Fotos, da war ich auch in der Maske und Aktion und alles.

Dass Giuseppe diesen Mob nicht aufgenommen hat, hielt sie also nicht davon ab, herzukommen und sich vorm Hotel zu postieren. Nur dank Christophers Einsatz konnte ich durch den Seiteneingang der Küche raus, niemand sah mich, ein Glück.

Christopher hat auch Norbert für mich angerufen, ich war viel zu aufgeregt. Norbert hat – dank sei Gott – gerade keine Gäste und ich kann erstmal bei ihm wohnen bis diese Idioten aufgeben, weil es nichts zu sehen gibt.

Alle Gewohnheiten weg. Irma jeden Tag alleine. Das alles hat mir Sergeij eingebrockt. Er ist eine Qual, ein Insekt, eine Kakerlake, eine Amöbe, ich würde ihn gerne zertreten und zerstampfen, diese Schubladen-Nummer hilft überhaupt nicht!

Jedenfalls sitze ich in Norberts Auto und er erklärt mir schonmal alles zu seinem Haus, obwohl ich ja bereits fast alles weiß, immerhin kennen wir uns jetzt seit zwei Jahren und ich war ja auch schon da. Es geht nur zwei Orte weiter und wir steigen aus, sogar Maria erkennt mich, dreht Radio Vatikan aber trotzdem nicht leiser. Kann ich verstehen, ihr Seelenheil geht vor, sie ist bald dran, an ihrer Stelle würde ich da auch keine Minute vergeuden.

Die Katzen beäugen mich auch.

Norbert hat schon ein schönes Haus. Man sieht, dass es früher nur eine Etage hatte, hier wuchs Norbert auf, gemeinsam mit seiner Mutter und seinen zwei Schwestern. Später hat er dann eine Etage draufgesetzt, da sind heute die Schlafzimmer, es ist groß und geräumig, in der alten unteren Etage sind die typischen dicken Wände, alles ist immer etwas staubig (vor allem, wenn sie rumböllern, dann wackelt das ganze Haus und die Steine sondern enorme Mengen von Staub ab, es muss sofort gewischt werden danach). Oben sind die Wände dünner, dafür hat es überall Klimaanlagen und zwei Bäder – alles, was man braucht.

Draußen gibt es auch einen Pool und ein paar Liegen und die Mauer zu Marias Haus ist nicht besonders hoch, es sitzen schon drei Katzen drauf – heute Abend werden es sicher fünf bis sieben sein.

Ich sage zu Norbert, er braucht sich keine Sorgen machen, ich werde die Katzen auch ab und zu mal füttern, er lächelt erleichtert.

Ich hasse Katzen, sie brauchen so viel Aufmerksamkeit, genau wie Sergeij. Aber gut, dann füttere ich sie.

Im Grunde genommen ist das gut für mich, ich habe ja meine Schublade nicht mitnehmen können. Wenn ich jetzt also die Katzen füttere, stelle ich mir einfach vor, ich würde ein hässliches Teil in die Schublade stopfen, während ich diese launischen Biester mit Leckerlies vollstopfe. Schlechter als mit der Schublade selbst, wird das auch nicht werden.

Norbert hat mich nun gerettet, er ist ein feiner Mensch, aber alles hat seinen Preis und den möchte ich jetzt wissen. Das

Haus ist groß und mir geht das Geld aus, zwei Mieten kann ich mir nicht erlauben.

Norbert druckst ein bisschen rum und sagt, ich müsse nichts bezahlen. Anhand seiner Tonlage merke ich schon, dass es noch einen Haken gibt, den er mir gleich nennen wird. Ich warte einfach ab. Pausen verunsichern Menschen, sie können die Stille nicht ertragen, Norbert schon gar nicht, also wird er sich sogleich erklären. Währenddessen lächele ich einfach wissend vor mich hin.

„Please stay as long as you wish, Ina. It's really no problem." Pause. „The house has enough space." Pause. Norberts Pausen sind weniger gekonnt als Lydias, aber auch nicht schlecht. Jetzt greift er sich ans Ohrläppchen und lacht nervös.

„That's why I thought it would be no problem …. If… if my cousin is joining you – only for three days." Pause. Ende.

Mein Blick verunsichert ihn, sodass er nervös versucht weiterzusprechen. Seine Frau hasse seinen Cousin und er könne ihn nicht bei sich unterbringen, aber eigentlich sei er ein netter Kerl und er habe beruflich auf der Insel zu tun und es sei ja nur für drei Tage.

Ich frage mich, ob ihm klar ist, dass es keine gute Einleitung ist, mir zu sagen, dass sein Cousin von seiner Frau gehasst wird. Und was macht der Mann beruflich auf Gozo? Ist er Tauchlehrer? Oder ist er Mafia? Oder beides, wer weiß. Hier ist alles möglich.

Drei Tage, drei Tage, ich kenne den Mann nicht, in einem Haus. Ich habe es nichtmal mit Männern, die ich sehr gut kannte, in einer gemeinsamen Wohnung ausgehalten.

Aber was habe ich für eine Wahl? Zurück ins Hotel und eine Woche – mindestens – nicht vor die Tür, nicht auf die Terrasse? Diese Paparazzi lauern überall. Hier kann ich mich zumindest bewegen, ich kann einkaufen, ich kann draußen sitzen.

Ich überlege. Ich setzte die Sonnenbrille auf, dann schiebe ich sie wieder hoch.

Drei Tage schaffe ich schon und wenn er geschäftlich unterwegs ist, sehe ich ihn ja wahrscheinlich sowieso kaum.

„Show me a photo!", sage ich zu Norbert, der daraufhin anfängt zu lachen.

„I like the way you think, Ina."

Er kramt sein Handy raus und scrollt nun runter, dann wieder hoch, das erste, bei welchem er hängen bleibt, scheint nicht gut genug zu sein, er scrollt weiter. Auch schon ein Zeichen. Jetzt bleibt er aber stehen und dreht sein Handy um: „That's Vito!"

Vito! Mit Sicherheit nicht sein richtiger Name.

Ich sehe einen Mittvierziger, schwarze Haare, zurückgegelt. Sieht nicht übergewichtig aus, aber auch nicht trainiert. Naja, die Malteser machen wenig Sport. Das ist auch gut, dann blockiert er nicht den Pool. Zumindest dieses Ritual kann ich dann in abgewandelter Form fortsetzen. Man muss sich an den kleinen Dingen im Leben erfreuen. Aber ohne Irma ist es natürlich nicht das gleiche.

In Ordnung, dann machen wir das so, ich nicke Norbert zu, er nickt ebenfalls und ich merke, wie er leise aufatmet. Den Streit zu Hause nochmal abgewendet. Ich habe den Hausfrieden gesichert, wieder eine gute Tat, ich kann mich bald nicht mehr retten vor gutem Karma. Die halbe Insel verdankt ihr Seelenheil allein mir.

Vito kommt erst übermorgen, ich habe also Zeit, mich einzuleben und mir noch ein paar Sachen vom Hotel bringen zu lassen. Das ist gut, dann kann ich mir das Zimmer aussuchen und alles, was ich möchte, als meines markieren.

Ich rufe Christopher an und er versichert mir, heute Abend, nach seiner Schicht alles vorbeizubringen. Gott segne diesen Jungen. Ich höre Giuseppe noch im Hintergrund rufen, dass sie mir weniger berechnen für die Tage, in denen ich bei Norbert wohne. Aha, nun wollen sie mich wohl doch behalten, ich wusste es. Ich war noch niemals eine Liebe auf den ersten Blick, dafür wird es später umso intensiver, feuriger, tiefgründiger. So ist es immer, mit Männern und mit allem anderen auch.

ZEHN

Wie ich vermutet habe, sitzen sie nun zu fünft auf der Mauer. Ganz sicher warten sie alle auf die Fütterung. Natürlich wissen sie, dass ich sie füttern werde, sie haben Norbert gesehen und Norbert ist ihr Zeichen für doppeltes Futter – erst bei Maria, dann hier, diese gierigen Biester.

Katzen haben viel Geduld. Sie können einfach stundenlang dasitzen und warten. Dabei glotzen sie einen unentwegt an, miauen mal, lecken sich dann von oben bis unten ab und glotzen weiter.

Ich habe mal versucht sie nur fünf Minuten unentwegt anzuschauen, es ist einfach unmöglich. Geduld war noch nie meine Stärke. Und dabei bin ich schon viel geduldiger geworden im Laufe der Jahre. Die Oper hat mich dazu gezwungen, es war zum Schluss sehr mühsam mit den Neuen. Immer wieder kamen neue Sänger, immer wieder alle Tricks von vorne beibringen. Gut, dass ich niemals Lehrerin geworden bin.

Mein Professor an der Hochschule hatte damals mal gesagt, die Ungeduld sei meine Stärke und würde mich dazu bringen unablässig zu üben und nach besseren Resultaten zu streben. Das war ganz sicher so. Gut wirst du nur, wenn du nie zufrieden bist. Nur dann machst du weiter, nur dann nimmst du in kauf, dass sie dich kritisieren, obwohl sie selbst nichts zu bieten haben. Das Wissen, dass es immer noch besser geht, dass es immer noch jemand besseren gibt, das treibt zu Höchstleistungen an. Aber im Laufe der Jahre habe ich diese Eigenschaft immer mehr bei den jungen Sängern vermisst. Sie waren alle sehr selbstherrlich und sehr schnell zufrieden, zu schnell.

Wenn eine Vorstellung gut war, dann hatten sie keinen Grund am nächsten Tag zu üben. Sie feierten sich nach der Vorstellung müde und am nächsten Tag hat man sie danach fragen müssen, was sie eigentlich beruflich machen. Satt und faul. Im Grunde wie die Katzen auf der Mauer. Die betteln nicht mal, die warten nur, bis ihnen das Schlaraffenland vorgesetzt wird.

Ich sollte ein Foto machen und es der Oper schicken. Aber das würde natürlich wieder niemand verstehen. Auer würde es vielleicht verstehen, allerdings bin ich mir nicht sicher, ob er gerne Nachrichten von mir bekommen würde. Die Glaskugel hat ihn doch ganz schön hart erwischt, es musste auch was genäht werden.

Friederike sagt, ich habe Glück, dass das scheiß Ding ihn nicht erschlagen hat. Das war natürlich völlig übertrieben, so gut war mein Wurf nun wirklich nicht. Aber weil sie gut übertreiben kann, haben sie sie ja auch zur Hobbypsychologin der Oper gemacht. Übertreiben und reinsteigern, das sind ihre Talente (wie man auch an dieser irren Geschichte mit dem verheirateten Familien-Betrüger sehen kann). Tatsächlich schrieb sie mir ja noch eine Karte ins Hotel, kurz nachdem ich umgezogen war. Lydia, die Verräterin, hat ihr meine Adresse gegeben – angeblich, weil sie es gut meinte. Und da stand dann sowas wie, ob wir nicht die Sitzungen telefonisch oder via Video-Konferenz fortsetzen möchten, wir seien doch noch gar nicht zum Schluss gekommen und sie sehe viel Potenzial.

Zuerst wollte ich ihr einen Brief zurückschreiben, indem ich ihr erkläre, dass ich sie für eine gescheiterte Person halte. Hat sich viele Monate lang von einem Schwindler betrügen lassen und meint nun mich therapieren zu wollen, dabei ist ganz sicher sie diejenige, die ihr Leben vergeigt hat. Dazu noch schlecht angezogen und wenig professionell ausgebildet – Pädagogik fürs Theater?! Allein das ist sie, egal wie oft sie „Psychologin" auf ihr Namensschildchen schreiben.

Den Brief habe ich mir schlussendlich geschenkt und einfach eine Ansichtskarte aus der Lobby verschickt. Natürlich habe ich nicht das Hotel als Motiv gewählt, sondern ein Fischerboot in bunten Farben – etwas ganz traditionelles. „Nein, danke", habe ich drauf geschrieben, sonst nichts, keine Anrede, keine Grüße. Ich habe jahrelang derer aller Leben finanziert und jetzt bin ich weit weg. Sie kann sich glücklich schätzen, dass ich überhaupt geantwortet habe.

Ich hole etwas Futter (Norbert hat es immer auf Vorrat) und stelle 2 Schälchen hin, damit sie sich nicht alle gleich über den Haufen rennen. Und tatsächlich bewegen sie sich recht zivilisiert in Richtung der Schalen und machen keinen Ärger.

Na gut, so könnte das die nächsten Tage auch klappen mit uns allen. Hoffentlich stört es Vito nicht, wo ich doch gerade anfange, mir als alternde Cat-Lady zu gefallen.

Es klingelt an der Tür, Christopher ist da, bepackt mit ein paar großen Tüten. Sie sehen aus wie Einkaufstüten (gut gemacht, mein Junge – wir melden dich für den Secret Service an!), darin sind einige Kleider, Röcke und Blusen, eine lange Hose, etwas Unterwäsche, Schmuck, etwas Schreibkram, der Laptop, ein paar Bücher. Damit sollte ich einige Tage auskommen. Norbert hat natürlich eine Waschmaschine, also alles kein Problem. Gott, wann habe ich das letzte Mal meine Wäsche selbst gewaschen? Das muss noch in Berlin gewesen sein.

Ich bitte ihn herein, obwohl ich sowas eigentlich nie mache. Die Rollen zu tauschen ist selten eine gute Idee, aber ungewöhnliche Umstände erfordern ungewöhnliche

Maßnahmen. Ich sehe es Christopher an, dass es ihm unangenehm ist, mich in der Bittsteller-Rolle zu sehen. Ja, so ist das, auch die Grand Dame braucht mal Hilfe, wir sind alle nur Menschen. Aber er ist eben so jung, für ihn sind die Dinge in Stein gemeißelt. Ich bedanke mich für seine Hilfe und frage, was er trinken möchte. Wasser.

Ja, mit Sicherheit. Ich lache und zeige nach draußen zum Pool. Er soll sich dort hinsetzen.

Verlegen geht er nach draußen, versucht nichts zu berühren, aus Angst, er könnte etwas kaputt machen. Und das ist nicht mal mein Haus.

Es ist schon verrückt, ich kenne ihn seit zwei Jahren und weiß im Grunde nichts über ihn, außer, dass er Familie in England hat, drei Brüder, dass er ein Talent für Sprachen hat und aus unerklärlichen Gründen im Hotel hängen geblieben ist.

Ich stelle ihm einen Aperol vor die Nase und mir selbst natürlich auch. Gut, dass Norbert die Grundausstattung übernommen hat, so kann ich eine angemessene Gastgeberin sein.

Christopher lächelt und schüttelt gleichzeitig den Kopf, natürlich ist alles vollkommen „strange", wie er sagt, an dieser Situation. Es kommt schon fast an ein Rollenspiel heran, zumindest blickt er so verunsichert in der Gegend herum. Aber höflich wie er ist, reißt er sich zusammen, bedankt sich und nimmt auch schon den ersten Schluck.

Jetzt schweigen wir beide und lächeln uns hin und wieder freundlich an.

In der Tat haben wir unsere üblichen Rollen verlassen und sind nun auf einmal gar kein eingespieltes Team mehr. Das ist in Ordnung, das hier ist nicht das Hotel, das auch nur eine andere Art von Bühne ist. Und hier bin ich auch keine Operndiva mehr.

Wir trinken unsere Gläser leer und wechseln noch ein paar Phrasen, dann bringe ich den Jungen zur Tür, er muss morgen wieder früh raus und die Menschen im Hotel glücklich stimmen.

E L F

Das erste, was ich morgens höre, sind die Schreie der Katzen. Sie streiten draußen wie garstige Kinder. Ich schaue auf meine Uhr, es ist erst sieben. Ob Norbert Beschwerden wegen dieses Lärms von seinen Gästen bekommt? Ich sollte eine Liste anfangen mit Beobachtungen, sicher gibt es hier einiges zu verbessern, Norbert wird dankbar sein für gehobenen Input.

Es hilft nichts, ich bin wach und gehe runter, der Kaffee wird mir hier schließlich nicht aufs Zimmer gebracht.

Maria hat schon das Radio an, die Morgenmesse läuft. Die Aperolgläser stehen noch am Pool und eine lange Straße von Ameisen zieht sich von der linken Seite der Hauswand zu einem der Gläser, genauer gesagt zu einer Orange. Himmel, ich bin die schlechteste Hausfrau auf Erden. Aber woher soll es auch kommen? Ich habe damals nicht mal für mich selbst gekocht, geschweigedenn geputzt, ich war ja kaum zuhause.

Ich krame im Haus nach Putzmitteln und Insektenspray, irgendwas muss hier sein. Ich finde eine Spraydose mit Ameisen und Kakerlaken-Aufdruck – wunderbar. Die Chemiebombe kommt direkt auf die ganze Straße und ich sprühe auch noch in alle angrenzenden Ritzen der Fliesen um den Pool herum. Jetzt rein mit den Gläsern, direkt in den Geschirrspüler, die Orange kommt in den Müll. Geht doch.

Wo ist eigentlich das verdammte Handy?

Ich hasse neue Orte, man braucht immer so lange um zurecht zu kommen.

Ich finde es in der hinteren Ecke im Flur. Zwei Nachrichten verpasst, steht auf der Anzeige, auf der ich auch erkennen kann, dass ich es versehentlich lautlos gestellt haben muss. Eine Nachricht von Norbert, ob ich gut geschlafen habe und ob alles in Ordnung ist. Eine von Lydia – die ist so lang, dass mir der Text in der Vorschau nicht angezeigt wird. Mir bleibt auch gar nichts erspart.

Also erst das Einfache, ich schreibe Norbert, dass alles gut ist und nochmal tausend Dank. Mit Smiley. Emoticons sind was für Kinder, finde ich, aber Norbert nutzt sie immer, deshalb mache ich das auch. Im Fernsehen, noch in Deutschland, habe ich mal einen Kommunikationsexperten gesehen, der über Spiegelkommunikation sprach. Sowas soll helfen, um Vertrauen aufzubauen.

Jetzt Lydias Nachricht.

Liebste Schwester, ich werde jetzt seit Tagen von Paparazzi belagert, ja, ich!!! Was habe ich eigentlich mit deiner verkorksten Karriere zu tun? Sie bieten mir auch Geld für ein Interview – mit Sergeij!!! Natürlich habe ich abgelehnt. Es wäre schön, wenn du mal offiziell Stellung nehmen könntest, damit wir alle in Ruhe weiterleben können. Bei aller Toleranz, Ina, wir haben alle ein Leben und können uns nicht die ganze Zeit nur um dich kümmern!!!

Kein Gruß zum Abschied, sie ist einfach nicht in der Lage normal zu kommunizieren. Und dann die alte Leier wieder. Warum versteht sie nicht, dass eine Äußerung von mir nur Öl ins Feuer wäre? Wir haben es schon etliche Male durch und immer wieder lässt sie sich auf den Holzweg locken.

Und überhaupt… „wir haben alle ein Leben und können uns nicht die ganze Zeit nur um dich kümmern", jetzt hat sie endgültig den Verstand verloren. Schließlich musste ICH mich immer um SIE kümmern. Sie konnte ja gar nichts, das arme kleine Nesthäkchen. Hing immer an mir dran und musste sich um nichts sorgen. Die große Ina war ja immer für alles verantwortlich.

Die Wut steigt in mir auf. So war sie schon früher, sie ist kurzatmig wie ein Hund bei dreißig Grad im Schatten. Da wird sie jetzt gerade mal einige Tage von ein paar Journalisten genervt und schon verliert sie die Fassung. Typisch. Sie hat einfach kein Durchhaltevermögen. Aber wie auch? Als kleine arme Lydia bekam sie ja alles vorgesetzt. Ihr nicht vorhandenes Talent konnte sie dann auch noch auf mich schieben, ihre Talente seien ja nie gefördert worden, hieß es dann, weil ich immer im Mittelpunkt stehen musste.

Das Leben ist so einfach, wenn es immer einen Schuldigen gibt.

Oder du warst einfach nicht gut genug, kleine Lydia. So ist das Leben eben auch.

Soll sie doch ein Interview geben. Und den elendigen Reiseführer soll sie auch alleine machen. Mir ist alles egal.

Die Katzen sitzen auf der Mauer, sie sehen weder erschöpft noch hungrig aus, dabei strahlt ihnen die Sonne auf den Pelz. Die können durchhalten und Contenance zeigen.

Ich mache ein Foto und sende es als Antwort an Lydia.

Natürlich wird sie das nicht verstehen, sie ist nicht fähig in Metaphern zu denken. Ich muss ihr zumindest einen Tipp geben. „Ich wünschte, du wärest eine dieser Katzen", schreibe ich unter das Foto. Gesendet.

Die Weiße sieht besonders schön aus, gar nicht so richtig weiß, eher creme-farbend, sehr edel. Die hat auch gar kein Katzengesicht, sondern sieht aus wie ein kleiner Löwe.

Es dauert nur ein paar Sekunden, bis Lydias Antwort ankommt: Du hast einen Vollknall, krieg dein Leben auf die Reihe, Ina!

Dass sie immer so ausflippen muss. Ich weiß genau, wie sie jetzt in der Küche oder wo auch immer sie in ihrer hippen Wohnung gerade hockt, inmitten zusammen geklebter Pallettenmöbel, auf und ab rennt und panisch versucht irgendwas aufzuräumen. Wenn sie sich aufregt, wird sie immer ganz neurotisch.

Es gibt diese absurden Beschreibungen über Frauen aus dem 19. Jahrhundert – die treffen alle auf Lydia zu. Sie kann froh sein, dass sie da noch nicht gelebt hat, sonst hätten sie womöglich allerlei Experimente mit ihr gemacht und sie zu allem Übel noch ins Irrenhaus gesteckt.

Ich packe alle nötigen Sachen für einen kurzen Einkauf zusammen, noch etwas eincremen, die Sonne ist auch morgens schon stark, los geht's. Es gibt hier in jedem Dorf einen Supermarkt und überall kommt man mit dem Bus hin, die Infrastruktur ist viel besser als in Deutschland. So bekommt Maria auch die 3 Säcke Katzenfutter für die Woche. Ohne den örtlichen Supermarkt würden die Katzen verhungern.

ZWÖLF

Ich ertappe mich dabei, wie ich angesichts der Weinauswahl darüber nachdenke, was Vito wohl gern trinken könnte. Nicht, dass ich scharf darauf bin in Gesellschaft zu sein. Ich habe jahrelang nur in Gesellschaft verbracht, nach den Vorstellungen, zwischen den Vorstellungen, ansonsten Proben, Galaabende etc. Ich war nie alleine, das kann ich jetzt endlich nachholen. Aber wenn man nun schon ein Haus teilen muss, warum dann nicht auch einen Wein zusammen trinken, um den Abend ausklingen zu lassen? In gewisser Weise bin ich ja auch Gastgeberin an Norberts Stelle. Ich repräsentiere das Haus.

Welchen Wein trinken die Gozitaner am liebsten?

Ich könnte Norbert fragen. Nein, das lasse ich, das wirkt seltsam.

Ich nehme einen starken Rotwein, der geht immer. Wahrscheinlich geht Vito essen und bestellt dann ein großes rotes Stück Fleisch (genau wie Giuseppe) oder einen Burger und dann passt der Rotwein hinterher auch sehr gut.

Das letzte Mal, dass ich einen Rotwein selbst ausgesucht und gekauft habe, ist schon eine Weile her. Seit zwei Jahren nehme ich die Empfehlungen des Hotels oder von auswärts.

Und vorher... Sergeij hat eigentlich immer den Wein besorgt. Und davor sein Vorgänger. Im Grunde war er ein Trinker. Vor Sergeij habe ich überhaupt keinen Alkohol getrunken, es war mir eigentlich nie danach. Wahrscheinlich musste ich ihn mir schön trinken. Das sagen die Männer doch immer über die Frauen, das gibt es sicher auch umgekehrt.

Vito jedenfalls sah eigentlich recht ansehnlich aus auf dem Bild und wie gesagt, nicht zu übergewichtig. Ich schätze, er ist noch ein paar Jahre jünger als ich, aber nicht besonders viel. Zwischen den tief schwarzen Haaren blitzten auf dem Foto schon ein paar silberne Strähnen heraus. Ein paar Jahre ließen sich schon verkraften. Fünf wären in Ordnung, danach wird es unschön. Niemand braucht einen jungen Hüpfer. Und ich will niemanden, der mich alt aussehen lässt – im wahrsten Sinne des Wortes. Schließlich habe ich mich ausgesprochen gut gehalten, ich schwimme ja auch jeden Morgen, das darf ich auf keinen Fall vernachlässigen während ich bei Norbert wohne. Sicher, ein paar Fältchen gibt es, aber nichts weltbewegendes. Ich finde, dass ich in Würde gealtert bin. Die Arbeit hat mich runtergewirtschaftet, die Haut hat unter der ständigen Theaterschminke gelitten, aber hier auf Gozo hat sich alles regeneriert – unter der Sonne und ab und zu auch ein bisschen Salzwasser.

Damit liege ich eindeutig über dem Durchschnitt, die meisten Kollegen drehen irgendwann durch, sind in Behandlung, verkraften den ständigen Druck nicht. Sie altern wie im Zeitraffer oder suizidieren sich direkt oder bekriegen sich in der Oper – so wie Auer und von Barnhold. Ich stand natürlich immer auf Auers Seite, deshalb konnte er mir auch die Kristallkugel verzeihen. Die Oper ist eine eigene Welt und wenn man hineingezogen wird, dann wird auch das eigene Leben wie eine Oper. Ungewöhnlich viele Katastrophen passieren dann, das macht die Musik. Sie bringt entweder Geniales hervor oder sie bringt alle ins Grab.

Zurück zum Rotwein und zu Vito. Ich fange offensichtlich an, einen romantischen Abend zu planen, wie absurd. Gestern wollte ich noch komplette Ruhe, heute stelle ich mich auf ein

Techtelmechtel ein. Das ist die fehlende Kontinuität. Kaum bin ich aus dem Hotel raus, geht alles in Richtung Oper. Ich höre schon Lydia: „Musst du denn sehenden Auges in die Katastrophe rennen, Ina?!" Wie sie meinen Namen dann betont, mit dieser schrillen Stimme. Iiiina! Furchtbar, ganz furchtbar. Zum Glück hat sie niemals die Idee gehabt mit dem Singen anzufangen. Das wäre eine richtige Katastrophe geworden.

Und trotzdem, warum nicht? Ich versuche es zu nehmen, wie es kommt. Vielleicht ist Vito ein Mann, mit dem man sich gerne umgibt. Dann bin ich präpariert mit einem guten Wein, was schadet es? Falls nicht, trinke ich den Wein eben alleine.

Rein statistisch habe ich meine Lebensmitte bereits überschritten. Deprimierend und erleichternd zugleich. Wenn man jung ist, dann hat man Druck, dann will man was werden und man will es allen zeigen. Ich war erfolgreich, erfolgreicher als alle anderen, wer soll also noch irgendwas von mir wollen?! Ich kann jetzt tun und lassen, was ich möchte, so wie die letzten zwei Jahre, das war echtes Leben. Das Singen fehlt mir, aber es hat mich müde gemacht, mich ausgelaugt. Die Oper fehlt mir nicht, dieses Schlangennest. Die Bühne fehlt mir, aber nun habe ich ja das Hotel. Das Hotel ist meine Bühne und wir alle kennen unsere Rollen sehr gut.

Vito sollte mich im Hotel erleben, Gott, was für ein Jammer. Ich wäre großartig. Das ist meine Rolle, die Grand Dame des Hotels. Stattdessen erlebt er mich nun als Flüchtling, am Pool eines Hauses, das mir nicht gehört, umringt von unzähligen Straßenkatzen.

Ich schüttele den Kopf. Das ist der Grund, weshalb man einfach keinen Alkohol trinken sollte, niemals. Der Aperol gestern war schon zu viel. Höchstens ein Gläschen zum Essen, abends, weil es gut schmeckt. Ansonsten vernebelt der Alkohol den klaren Verstand, man wird weinerlich und weich und nachdenklich und stellt sich selbst in Frage. Das kann doch auf Dauer wirklich nicht gesund sein.

Ich steuere die Kasse an und frage noch nach Tüten, natürlich habe ich nicht daran gedacht, welche einzupacken. Ich weiß auch gar nicht, ob Norbert welche hat. Ich sollte ihn fragen, für das nächste Mal oder für künftige Gäste, sowas muss man schon wissen. Das kommt auf die Liste mit den Verbesserungsvorschlägen.

Norbert sollte eine Art Handbook im Haus auslegen, wo alles wichtige drin steht. Das gibt es im Hotel doch auch. Ich schreibe ihm nachher deswegen.

Der Weg zurück zum Haus ist unglaublich heiß und sonnig und ohne jeglichen Schatten. Nach zwei Jahren hier, hält meine Haut das zum Glück ganz gut aus, es sind ja nur zehn Minuten pro Weg, also insgesamt 20. Ich komme an einigen Steinhäusern vorbei. Manche sehen älter aus, aber das kann täuschen, häufig sind sie modernisiert mit wunderbaren Innenhöfen, so wie bei Norbert ja auch – oder wie bei der Neuen mit ihrem Restaurant. Die hat eine kleine Oase im Innenhof, man denkt, man ist in Marokko.

Ein Taxifahrer hält mehrmals neben mir an und will mich mitnehmen. Ihm fehlen zwei Zähne. Ich lehne freundlich ab. Ganz sicher kutschiere ich hier nicht mit dem Taxi über die Hauptstraße. Ich nehme lieber die Nebenstraßen zu Fuß.

Sie lauern überall. You can never trust these people.

DREIZEHN

Zurück im Haus möchte ich nun endlich schwimmen gehen. Eine Abkühlung kommt gerade richtig, jeder noch so kurze Weg im Sommer bedarf einer Ruhepause. Der Pool ist zur Hälfte beschattet von der Mauer – optimale Bedingungen, ich verstehe langsam, warum die Leute hier so viel Kohle lassen. Ein bisschen Sonne, ein bisschen Schatten, Norberts Haus hat Vorzüge geradewegs wie aus dem Reisekatalog. Auch die Katzen sind nun alle weg, vermutlich dösen sie auf Marias Seite vor sich hin. Hier kann ich natürlich keine richtigen Bahnen ziehen, so wie im Hotel, aber es gehen doch zumindest ein paar Züge, dann wieder in die andere Richtung. Dafür ist der Pool angenehm tief, das kann ich ein paar Tage genau so machen, ohne zu viel Komfort vermissen zu müssen. Und im Grunde ist das hier vielleicht auch schon das Üben einer neuen Gewohnheit, denn ich werde nicht mehr ewig im Hotel leben können, wenn ich nicht bald auf eine gute Idee komme, um ausreichend Geld zu verdienen. Also wird das nächste Domizil vielleicht ein Haus mit einem Pool, wie hier bei Norbert. Es ist nicht das schlechteste. Und bezahlt werden muss das ja auch erstmal. Bei Norbert zu wohnen ist nur geringfügig günstiger als meine Hotelsuite, die dafür wesentlich mehr Komfort bietet; das Restaurant, den Spa, Housekeeping, Roomservice etc.

Während ich schwimme, muss ich an Irma denken. Das arme Ding fragt sich natürlich, was los ist, vielleicht denkt sie sogar, dass ich tot bin. Niemand weiß, wie komplex diese Tiere denken können, aber ganz sicher kann sie zwischen Dasein und Wegbleiben unterscheiden und damit ist auch ihre Gewohnheit zerstört.

Nach etwa 30 Minuten bin ich fertig und bereit, an meinen Auftritt für morgen zu denken. Was ziehe ich an, wenn Vito kommt? Es ist eine schwierige Situation, ich bin hier irgendwie Gastgeberin, dennoch wird er dieses Haus besser kennen als ich. Sicher hat er Norbert und seine Familie früher oft besucht. Ich will hier nicht im Strandkleid sitzen (was dem Wetter allerdings am besten gerecht werden würde), aber ganz sicher auch nicht im Galaoutfit. Ich will angemessen aussehen, exquisit, aber dennoch legére.

Ich habe gar nichts in dieser Richtung. Absolut nichts. Der gestern frisch eingeräumte Schrank entpuppt sich als reinste Wüste.

Ich suche 20 Minuten lang alles durch und ziehe schließlich ein dunkelblaues Sweatshirt hervor, aus dickem Stoff, es passt auch gut auf ein Segelboot, mit dreiviertel Arm und dazu eine helle Jeans – das wird gut gehen und drinnen ist ja auch die Klimaanlage an. Noch ein paar Sandaletten mit kleinem Absatz. Ich probiere alles an und der Blick in den Spiegel verrät, dass es eine gute Wahl war, und doch wirke ich irgendwie deplatziert in Norberts Schlafzimmer. Hier ist nichts wie im Hotel und meine Garderobe kann nicht im Ansatz den Glanz entfalten, den sie vor der Hotelkulisse haben würde.

Ich vermisse einfach alles am Hotel. Was ist der Mensch schon ohne die richtige Kulisse? Ganz klein ist er und unbedeutend. Erst das Drumherum macht ihn zu etwas. Mir fehlt meine Bühne.

Mein Blick wandert kritisch von oben nach unten. Selbst meine Füße sind bereit für den großen Auftritt – alles frisch pediküt und glänzend. Meine Füße sehen noch jung aus, noch unverbraucht. Die Balletttänzer haben es hingegen sehr schwer. Ihre Füße sind irgendwann ganz zerstört, verkrüppelt, wirklich sehr unansehnlich ohne den Ballettschuh, der alles ruiniert hat.

Nun muss ich an die ganzen verlorenen Männer denken, die im Hotel von ihren Frauen zur Pediküre geschickt werden. Ganz furchtbar ergeht es ihnen. Da kommen sie an, mit ihren von Pilz befallenen gelben Nägeln (kein Mensch weiß, wie sowas entstehen kann) und dann wird erwartet, dass irgendeine arme Angestellte im Spa das wieder herrichtet. Gott weiß, dass man ihnen dafür nicht genug bezahlen kann. Natürlich geht das nicht mit einer Behandlung. Das wissen die Ehefrauen ja auch selbst, aber vielleicht erkaufen sie sich damit auch einfach eine Stunde Einsamkeit – ich kann das gut verstehen. Und währenddessen lassen sich die Männer von einer zwanzig Jahre jüngeren Mitarbeiterin die geschundenen Füße behandeln.

Ich saß mal auf einer Liege neben einem solchen Herren – es war wirklich keine Freude. Zwischen Scham und Testosteron wankend, erzählte er Witze, um uns zu unterhalten und dann stammelte er noch etwas über seine Frau, weil ihm einfiel, dass er ja nicht alleine hier war. Ganz unbeholfen sind die Männer in solchen Situationen. Und dann zuckte er immer, sobald seine Füße berührt wurden. Alles war ganz schrecklich, wirklich zum fremdschämen. Abends sah ich ihn dann wieder – mit frisch pedikürten Füßen (sie mussten Nagellack nehmen, um den Fußpilz zu überdecken) – mit seiner Frau am Tisch sitzend, ähnlich unsicher, aber doch irgendwie stolz, dass er durchgehalten hatte - wie ein Hündchen auf das Lob seiner Herrin wartend. Doch die kurzhaarige Dame hatte kein Lob für ihn auf ihren schmalen Lippen. Zufrieden war sie auch mit schöneren Füßen nicht mit ihm.

Ich sollte morgen also als allererstes einen Blick auf Vitos Füße werfen, wobei ich annehme, dass er keine Sandalen tragen wird, er ist ja ein Geschäftsmann. Sollte er welche tragen, ist sowieso schon alles aus. Einen Mann in Sandalen kann ich nicht respektieren, entweder er trägt Schuhe oder er trägt keine, die Auswahl dazwischen haben nur die Frauen.

Ich ziehe die Sachen für morgen wieder aus und ziehe ein langes Hauskleid aus leichten Leinen an. Genau das richtige für einen ruhigen Abend. Ich rufe im Hotel an und bestelle etwas zu essen – die Sehnsucht ist einfach zu groß.

Es klingelt und ich öffne die Tür. Sie haben Maggie geschickt und sie begrüßt mich mit der Auskunft, dass Christopher heute frei hat. Sie ist bepackt wie ein Esel, mit einer Kühltasche mit Getränken und einer Tasche zum Warmhalten der Hauptspeise, sowie einem Korb, in dem ein Rotwein und etwas Obst, Brot und Olivenöl zu finden sind. Sie keucht und ihr sommersprossiges Gesicht glüht regelrecht – ich möchte es mir nicht ausmalen, wie es sein mag, wenn sie mal eine Stunde lang in der Sonne sitzt.

Ich bitte sie, die Sachen auf den Tisch im Flur zu stellen und dem folgt sie natürlich, ohne ein Wort. Sie zupft noch alle Verpackungen von den Speisen und knüllt alles in eine Tüte und bewegt sich schnellstmöglich Richtung Tür.

„You need anything else, Ma'am?", drückt sie sich noch heraus, als sie schon halb in der Tür steht.

Ich schüttle den Kopf und lächle.

„Thank you, Maggie. See you tomorrow."

Ich sehe noch, wie sie die Augenbrauen hochzieht und höre danach gleich die Tür zuknallen, weg ist sie. Immer noch Eiszeit. Oder schon wieder, wer weiß das schon…

Neben meinem Essen liegt eine Karte mit der Aufschrift „Enjoy!", es sieht aus wie die Schrift eines Erstklässlers, ich denke, es muss Giuseppe gewesen sein, denn die Hälfte des Essen, was gerade vor mir aufgebaut wurde, habe ich gar nicht geordert. Doch umso besser, man schätzt mich und vermisst mich offensichtlich und man denkt an mich. Ich bin nicht vergessen – so weit ist es noch nicht und das gibt mir Zuversicht, dass ich bald in mein geliebtes Hotel zurückkehren werde.

Ich weiß, dass es Giuseppe furchtbar unangenehm ist, dass ich hier ausharren muss, während er die Klatschpresse nicht vom Hotel wegbekommt. Ich schreibe ihm eine Nachricht und bedanke mich für das großzügige Essen heute Abend.

Einige Minuten später antwortet er, mit einem Bild von ihm und seiner Frau, auf dem er ganz verunsichert lächelt und sie stolz in die Kamera blickt. Beide halten ein Foto von ihren Kindern ins Bild und drunter steht „Greetings from the whole family". Giuseppe und ich könnten allein mit Bildern kommunizieren.

Ganz anders mit den Katzen, sie miauen herzzerreißend auf Marias Mauer und fordern lautstark ihre zweite Futterration ein. Noch bevor ich mein Essen beendet habe, bereite ich ihre Näpfe vor. Ich brauche Ruhe für mein Glas Wein, welches ich mit an den Pool nehmen werde.

Während endlich gefräßige Stille herrscht, lasse ich den Abend in Ruhe ausklingen. Ich denke kurz an Lydia, ob sie wohl immer noch wütend auf den Palettenmöbeln hockt? Ob sie sich mit Sergeij verbündet? Eigentlich traue ich ihr das nicht zu, aber wer weiß… Das alles ist gerade auch ganz egal, ich lebe momentan nur von heute zu morgen und morgen bekomme ich Besuch.

VIERZEHN

Vitos Ankunft ist schrecklich unspektakulär.

Norbert rief mich vor etwa einer halben Stunde an, um Bescheid zu sagen – zu diesem Zeitpunkt war ich noch davon ausgegangen, dass er uns zumindest persönlich bekannt machen würde. Aber auch das muss ich nun selbst übernehmen.

Ich hatte drinnen alle meine Sachen zusammengeräumt, alles war vorbereitet, das Outfit passte. Dann knattert es vor der Tür, ein staubiger Mittelklasse Wagen hält an (es lohnt nicht, auf Gozo in der Limo vorzufahren, es sei denn, es ist Sonntag und man fährt damit um den Kirchplatz, um gesehen zu werden) und heraus kommt Vito – es konnte nur er sein, er fuhr den Wagen selbst, niemand sonst war bei ihm. Er trägt ein weißes Hemd und eine blaue Jeans und ist erstaunlich klein. Sehr klein. Ein wirklich kleiner Mann und angesichts der geringen Körpergröße auch nicht besonders schlank. Ich verstehe nun, weshalb Norbert so lange scrollen musste. Und ich musste in meinen Sandalen mit Absätzen wie eine Riesin auf ihn wirken.

Man sagt ja, die kleinen Männer seien immer die lustigsten. Auf Vito trifft das in jedem Fall zu. Mit einem breiten Lächeln und als wären wir irgendwie verwandt, stolpert er auf mich zu und stoppt wirklich nur sehr knapp vor meinem Gesicht. Ich denke, er wollte mich umarmen, so als wären wir alte Bekannte, bemerkte dann aber doch, dass das für mich, die kühle Deutsche, einem Antrag gleichkommen würde. Unbeholfen, aber weiterhin frohen Mutes, begrüßt er mich also.

Vito macht ein paar Witze und sagt, ich sei sehr schön und er freue sich, dass wir hier nun ein paar Tage zusammenwohnen. Sein Gesicht strahlt.

So viel Frohsinn steckt tatsächlich an und ich bin nun auch ganz gut gestimmt. Zwar waren alle meine Vorbereitungen völlig umsonst – ich hätte Vito sonst wie empfangen können, er hätte dieselbe gute Laune gehabt – aber ich bin doch froh, dass er harmlos ist. Wirklich einfach nett und harmlos, im Grunde der ideale Statist. Den Wein können wir selbstverständlich dennoch zusammen trinken, aber darüber hinaus wird es sicher nichts geben. Sowas spüre ich bereits im ersten Moment. Und das ist vermutlich auch gut so, noch eine klägliche Männergeschichte kann ich mir momentan nicht leisten, ich bin ja quasi immer noch obdachlos oder drohe es zumindest zu werden.

Vito packt seine Sachen aus, es sind nur ein paar in einem kleinen Koffer, dann geht er direkt an den Schrank mit dem Katzenfutter und versorgt die Katzen. Bis auf diese Eigenschaft ist die Verwandtschaft mit Norbert nicht im Geringsten erkennbar. Während Norbert sehr groß und schlank ist (enorm schlank für einen Malteser), ist Vito wirklich klein und er hat definitiv auch schon einen deutlich erkennbaren Bauchansatz. Man kann nicht behaupten, dass er dick ist, aber ein wenig mehr Salat würde nicht schaden. Ich sollte welchen beim Hotel ordern, nur so zur Vorbeugung.

Die Katzen haben ihn gesehen und warten schon. Verwöhnte Biester.

Heute hat er keine Termine mehr, sagt er, und fragt, ob wir zusammen zum Lunch gehen wollen. Nachdem ich ihm meine missliche Lage in wenigen Sätzen erklärt habe, nickt er zustimmend. Richtig, Norbert habe ihm das auch erklärt, ach, wie schade. Er hält kurz inne und fragt, ob ich denn spontan sei.

Ich schaue ihn recht verdutzt an, das hat mich noch niemand gefragt und in der Tat muss ich darüber erstmal nachdenken. Recht schnell komme ich jedoch zu der Erkenntnis, dass ich sicher alles mögliche bin, aber nicht spontan. Andererseits sollte ich mir vielleicht erst einmal erklären lassen, weshalb Vito mir diese Frage überhaupt stellt, immerhin kennen wir uns erst seit ganzen 30 Minuten. Unsere Beziehung hat bisher in etwa die Intensität meiner Leidenschaft zu Marias Katzen. Ich frage ihn.

Er lacht.

„I don't want to push you, Ina. But I have an idea how we can have a nice lunch – without Paparazzi. I promise!"

Eigentlich will ich ablehnen, aber sein schelmisches Lächeln hat etwas ganz faszinierendes, so, als hätte er einmal selbst auf einer Bühne gestanden.

50 Minuten später finde ich mich auf einer sonnigen Café-Terrasse mitten im Hafen wieder und kann kaum fassen, auf was ich mich hier eingelassen habe.

Vito sitzt mir gegenüber, mit einem Espresso und einem Wasser und freut sich augenscheinlich sehr, dass er mich hat zu diesem Wagnis überreden können.

„You look like a Hollywood Star, Ina!", prustet er mir entgegen und bringt mich damit erneut zum Lachen. Sein Gesicht wirkt gefasster, aber er lächelt immer noch und raunt mir dann ein warmes „forgive me, I know, you are better than a Hollywood star" entgegen und neigt erwartungsvoll den Kopf zu Seite.

Vito gehört zu der Sorte Mann, die einen aus dem Schneckenhaus holen wollen. Sie sind spontan, weil der andere es nicht ist, sie sind immer kurz vor der Überschreitung der Grenze, tun es aber nie, weil sie wissen, dass es dem Gegenüber nicht behagt. Das sind ganz feine Menschen mit Antennen für die kleinsten Veränderungen bei anderen.

Und dank dieser großartigen Eigenschaften finde ich mich nun mitten im Gewimmel wieder und doch erkennt mich niemand. Ich trage wie immer meine Sonnenbrille, aber die Haare habe ich heute unter einem Seidentuch zusammengesteckt, ich sehe aus wie die Queen – in jüngeren Jahren natürlich. Vito gab mir eines seiner Hemden – seine letzte Freundin nannte das wohl den „Boyfriend-Style" (habe ich auch schonmal in irgendeinem Magazin gelesen) – und das habe ich sehr legére auf der einen Seite in meine Hose gesteckt. Die Sandaletten habe ich gegen sündhaft hohe Stilettos getauscht und ich muss sagen, ich sehe vollkommen anders aus. Ich sehe nicht aus wie Ina Faber, ich sehe aus wie eine Oligarchin, wie die Queen, wie die Besitzerin eines Nachtclubs, wie eine Cabriolet-Fahrerin, aber ganz sicher nicht wie eine ehemalige Opernsängerin. Und ich fühle mich ausgesprochen wohl, denn dieser kleine Mann hat mir meine Bühne wiedergegeben.

Da sitze ich also, verkleidet, inmitten der Kulisse. Der Hafen Gozos ist eine einzige Kulisse. Die vielen Boote, die Fähre, ein Kreuzfahrtschiff in der Ferne. Das Hotel mit seiner alten Fassade, die Bars, die Kirche. Ich nenne sie die Seefahrer-Kirche, weil ich mir vorstelle, dass dort früher viele Menschen für die Heimkehr ihrer Seeleute gebetet haben. Wie es wohl gewesen sein mag, wochenlang, gar monatelang nichts voneinander zu hören? Die kleine Kirche spendete sicher viel Trost, innen ganz freundlich in hellblau und sonnengelb (ich war schon mehrmals drin).

Vito sieht sehr genau, wie glückselig ich meine Kulisse betrachte und räkelt sich zufrieden im Stuhl unter der Sonne.

Immer noch habe ich keine Ahnung, was er wohl beruflich macht. Vielleicht dreht er einen Film? Er ist ein Genießer, bestimmt ein Regisseur. Ja, mit dem Talent eines Regisseurs ist er in jedem Fall ausgestattet. Gerade als ich ihn fragen will, klingelt mein Telefon.

F Ü N F Z E H N

Lydia. Alleine diesen Namen zu lesen, verdirbt mir die ganze gute Stimmung. Genervt nehme ich an.

„Was ist, Schwester? Ich bin gerade dabei mein Leben auf die Reihe zu kriegen", raune ich ins Telefon, ohne sie in irgendeiner Form zu begrüßen.

Pause.

„Lydia?"

Pause.

Ich höre sie schluchzen. Dann ein tiefes Einatmen.

„Die Therapeutin sagt, ich soll mich mit dir aussprechen, ich muss auf mein Seelenheil achten", presst sie sich heraus, bevor sie weiterschluchzt.

Jetzt atme ich tief ein.

„Herrgott, Lydia, jetzt? Am Telefon? Ohne Ankündigung?", ich merke schon während ich spreche, dass ich alles nur verschlimmere.

Sie schnauft.

„Ach, soll ich erst um eine Audienz bei der großen Granddame bitten? Ja, willst du das, Ina?", ihre Stimme hat sich von Wimmern zu Fauchen entwickelt. Daher kommt vermutlich meine Abneigung Katzen gegenüber, auch alles ihre Schuld.

Ich versuche ruhig zu bleiben.

„Natürlich nicht, Lydia. Bitte, nun leg nicht jedes Wort auf die Goldwaage."

„Ina!", jetzt ist sie richtig wütend, „genau das ist das Problem, du siehst ja nichtmal die Notwendigkeit. Ich wette, jetzt denkst du wieder, dass ich hysterisch bin."

Pause, jetzt wartet sie darauf, dass ich sie bestätige, um mich weiter verbal vernichten zu können.

Vito schaut indessen neugierig zu mir, er lächelt immer noch. Ich lächele auch, der arme Mann kann ja nun wirklich nichts dafür.

„Ich denke nicht, dass du hysterisch bist, ich denke nur, dass das gerade ein ungünstiger Zeitpunkt ist", versuche ich ihr so neutral wie möglich zu erklären und lächele dabei weiter Vito zu.

Pause. Stille am anderen Ende.

Ich setze nach: „Ich sitze hier gerade in einem Café, Lydia, im Hafen und beobachte die Boote." Vermutlich wird sie nach dieser Anmerkung einsehen, dass es besser wäre, eine Zeit zu verabreden.

Falsch gedacht.

„Weißt du, Ina, wir haben hier wirklich unsere eigenen Probleme und nun haben wir auch noch deine", höre ich sie in den Hörer schreien.

Nun habe ich sie komplett in Rage gebracht. Ich atme tief ein, dabei entfleucht mir ein Seufzer, den sie eigentlich nicht hätte hören sollen und der wiederum Vitos Aufmerksamkeit auf sich zieht.

„Is everything allright, Ina?", er nimmt seine Sonnenbrille ab und schaut mich mit großen braunen Hundeaugen an.

Ich nicke schnell und winke ab, ich kann hier nicht zwei Gespräche gleichzeitig führen. Gott, wie mir das Singen gerade fehlt, da waren die anderen wenigstens still.

Lydia stammelt etwas ins Telefon und ist dann auf einmal seltsam schweigsam, nachdem ich den Totalausbruch verursacht habe. Ich versuche es noch einmal.

„Hör mal, Lydia, ich rufe dich heute Abend zurück, ja? In aller Ruhe, dann können wir die Situation besprechen", versuche ich sie zu beschwichtigen.

Stille.

Jetzt klingt sie ganz leise: „Ist gut, so machen wir es."

Pause.

„Armin ist ausgezogen, bis später."

Bevor ich etwas fragen kann, hat sie aufgelegt. Na wunderbar, vielen Dank für die Neuigkeiten. Diese Dramatik fehlte mir gerade noch.

Ich schaue mir den immer noch gut gelaunten Vito an und beschließe das nun einfach erstmal sacken zu lassen und den Tag zu genießen, finde aber natürlich nicht mehr in die Unbeschwertheit zurück. Kein Wunder, dass sie so aufgebracht war. Ihr Mann ist abgehauen (das vermute ich zumindest) und dann lauert ihr auch noch die Presse auf. Warum sagt sie das nicht gleich? Oder schreibt es, bevor sie aus dem Nichts anruft? Ich kann doch keine Gedanken lesen.

Während ich etwas vor mich hin überlege, ordert mir Vito noch einen zweiten Drink. Wir plauschen ein bisschen, aber es ist nicht wie vor ihrem Anruf, ich mache mir nun Sorgen um sie. Meine Schwester war schon immer labil und Armin war ihre unentbehrliche Stütze. Ob sie nun sehr einsam ist? Vermutlich schon. Vielleicht kann sie zu unseren Eltern zurück? Großer Gott, zurück in die Kleinstadt. Das käme nie für mich infrage. Die Welt ist dort so furchtbar klein, wenn du einen Fuß vor die Tür setzt, kennst du schon alle. Aber für Lydia wäre das vielleicht gut. Wobei sie dann natürlich die perfekte Ehe unserer Eltern ertragen müsste und jeden Tag vor Augen geführt bekäme, was sie nicht hat.

Wären wir Mormonen, hätten meine Eltern sicher den Abendkreis für Ehepaare geleitet. Egal, was war, egal, um wen es ging, sie waren fast immer einer Meinung und je älter sie wurden, desto weniger Konflikte gab es. Die beiden sind seit ein paar Jahren wie in einer Symbiose.

Das war mir leider nie vergönnt. Eine Symbiose mit Sergeij war quasi ausgeschlossen und mit denen davor? Genau so unmöglich. Was Männer angeht, habe ich immer daneben gegriffen.

Ich frage Vito, ob er und seine Frau eine Symbiose sind und bringe ihn damit scheinbar zum Lachen. Ist die Frage so abwegig?

Er hat keine Frau, antwortet er, aber eine Freundin, seit ein paar Wochen, aber eine Symbiose könne man das nicht nennen.

„She is a dragon!", ruft er mir über den Tisch zu und lacht. Naja, das Feuer scheint ihm ja zu gefallen. Wir plaudern noch eine Weile über dies und das und brechen dann auf. Nach zwei Drinks wird es nun Zeit und man soll das Schicksal ja nicht herausfordern.

SECHZEHN

Vito liegt draußen zwischen den Katzen, besser gesagt, die Katzen neben und auf ihm, als das Telefon erneut klingelt. Die Hitze des Nachmittags ist verflogen und er genießt die warmen Sonnenstrahlen, ehe es dunkel wird. In Gozo bleibt es im Sommer nicht besonders lange hell (und dafür sind wir alle dankbar, es muss auch mal kühl werden irgendwann). Im Grunde ist Vito selbst eine Katze, ein gefräßiger, gemütlicher Kater, der sich am liebsten in die Ecke legt und die Zeit vergehen lässt, ein Genießer.

Ich muss immer noch rausbekommen, was Vito eigentlich beruflich macht.

„Hallo Schwester", nehme ich ab und erwarte angstvoll, in welchem Zustand sie nun sein wird. Erstaunlicherweise ist sie gefasst – mit allem möglichen hatte ich gerechnet, aber damit sicher nicht. Früher, als wir noch Kinder waren, hat sie immer sofort geweint. Egal, was war, die Tränen kullerten ihr über die Wangen, noch ehe unsere Eltern mit dem Schimpfen richtig angefangen hatten. Sie zeigte immer allen direkt ihr ganzes Innenleben – das war mir schon damals suspekt. Ich war das komplette Gegenteil und wollte mir nie etwas anmerken lassen, woran dann wiederum meine Eltern verzweifelten. Wenn ich so darüber nachdenke, müssen wir beide im Doppelpack ja geradezu unerträglich gewesen sein.

Ganz ruhig erzählt mir Lydia nun von den letzten Monaten mit Armin.

Ich bin ganz sicher, dass sie diese Geschichte schon mindestens drei oder vier anderen erzählt haben muss, so gefasst und stoisch ist sie selten, eigentlich habe ich sie noch nie so erlebt. Und dass, obwohl ihr Leben scheinbar in Trümmern liegt.

Ich höre zu (darin bin ich immer noch sehr gut) und begreife, dass meine Lappalie hier tatsächlich nur der berühmte Tropfen auf dem heißen Stein gewesen sein muss. Aber wie sollte ich das bitte schön erkennen? Ich habe ein schlechtes Gewissen und fühle mich gleichzeitig betrogen. Hätte ich nicht spüren müssen, dass es meiner einzigen Schwester so schlecht geht? Hätte sie mir nicht sagen müssen, was los ist? Weshalb vertraut sie mir nicht? Und was haben wir überhaupt für eine verkorkste Beziehung?

Ich hasse solche Gedanken und den Teufelskreis, den sie für gewöhnlich mit sich bringen, also zurück zum eigentlich Schuldigen: Armin. Mein überaus geschätzter Schwager, den ich immer für seine Geduld bewunderte und wie er jedem noch so absurden Anfall meiner Schwester standhalten konnte, war scheinbar der nächste mit einer monatelangen Affäre. Gut, dass ich in solchen Gesprächen schon durch Friederike erprobt bin.

Ich frage Lydia, wie sie es herausgefunden hat.

Sie schluckt und atmet ein und wieder aus. Nun ist sie doch den Tränen nahe, ich kann es hören, ohne sie zu sehen, das kleine Beben in ihrer Stimme. Ich bin sogar froh darüber – da ist sie wieder und offensichtlich lebt sie noch, auch wenn sie etwas anderes behauptet.

„Nachrichten, Blicke…", stottert sie vor sich hin. „Ich habe in seinem Handy gelesen, ich weiß, es ist nicht okay, aber ich war mir schon so sicher, ich brauchte nur den Beweis, damit ich mir selbst nichts mehr vormache."

„Ich verstehe", entgegne ich ihr.

Ich begreife langsam das Ausmaß dessen, was geschehen ist. Lydia war schon immer sehr unsicher, aber sie hatte immer ihre Prinzipien und dazu gehörte ganz sicher, nicht die privaten Nachrichten des anderen zu lesen.

„Lydia, wer ist es?"

Eine lange Pause setzt nun ein, ich höre sie aber zumindest noch atmen.

Soll ich nun raten? Eigentlich kann ich mir nur die Nachbarin vorstellen, die Alleinerziehende mit den beiden kleinen Kröten, die passte immer in Armins Beuteschema: Allein und immer überfordert und dazu hatte sie zwei Kinder – offensichtlich ohne einen präsenten Vater. Ich habe mich immer gefragt, wann dieses Thema nochmal aktuell wird bei den beiden, aber dann schien es immer so, als wäre Lydia mit sich selbst schon genug beschäftigt.

„Ist es die Trulla von unten? Die Milf?", ich höre mich ziemlich ungeduldig an. Und fühle mich etwas vulgär angesichts der Wortwahl.

Vito schaut irritiert von der Seite herüber. Ich tue so, als hätte er sich verhört und beachte ihn nicht.

„Isabel? Meine Nachbarin? Oh Gott, Ina, wie kommst du denn darauf? Und seit wann sagst du Milf?", raunt sie genervt ins Telefon.

Warum ist diese Idee so abwegig? Soll ich jetzt argumentieren? Sie ist einigermaßen attraktiv, nett, wirkt ausgeglichen, hat zwei Kinder, die einen Vater brauchen... Lieber nicht. Bevor ich irgendwas sagen kann, unterbricht sie mich.

„Es ist Tom. Ja, Tom!"

Stille. Diesmal auf meiner Seite.

Für einen kurzen Moment bin ich mir nicht sicher, ob ich mich verhört habe oder ob sie mich gerade auf den Arm nehmen will. Aber ich höre kein Lachen am anderen Ende.

Meine Güte, alle Abgründe kommen hier gerade nach oben, die Oper holt mich ein, egal, wo ich bin.

Tom Oberst, der Bühnenbildner, heiß begehrt unter den Tänzerinnen, wegen seiner kräftigen Oberarme (die Balletttänzer sind zwar unheimlich muskulös, aber auch immer so spindeldürr) und seines einnehmenden Lächelns und seiner bahnbrechenden Ideen bei jedem noch so altertümlichen Stück mit mittelmäßiger Inszenierung.

Offenbar gefiel das auch Armin.

„Wie haben die sich denn überhaupt kennengelernt?", frage ich verdutzt. Ich finde den Zusammenhang nicht.

„Auf deinem Geburtstag, Ina. Weißt du nicht mehr? Dein Vierzigster!"

Oh mein Gott, das ist ja ewig her. Gefühlt zumindest, oh Gott.

„Doch doch, du hast Recht", jetzt bin ich etwas sprachlos und doch macht alles wieder Sinn, kein Problem, an dem ich nicht ursächlich beteiligt bin. Zum zweiten Mal schon fühle ich mich schuldig, ich muss irgendwas tun. Ich muss ihr zeigen, dass ich für sie da bin, meine arme kleine Schwester, betrogen von ihrem Mann, mit einem Mann, den ich auch noch vorgestellt habe. Allerdings hatte ich damals gehofft, dass sie Armin gegen Tom eintauschen würde. Der wäre die bessere Partie gewesen. Naja, am Ende wäre wohl das gleiche Elend herausgekommen. Was für eine Ironie.

Irgendwie muss ich ihr jetzt helfen, ich überlege.

„Komm zu mir nach Gozo, Lydia. Du brauchst jetzt Abstand, du musst mal was anderes sehen."

Noch ehe ich den Satz zu Ende gesprochen habe, bereue ich ihn schon wieder. Ich lebe in Norberts Haus (mit einem fremden Mann) und werde im Hotel belagert, wie komme ich nur auf die Idee, sie einzuladen?

„Meinst du wirklich?", sie klingt genau so ungläubig.

Nein, das war alles eine dumme Idee, denke ich, aber sage ich natürlich nicht, das wäre jetzt zu verletzend.

„Ja, natürlich. Du bist meine Schwester, ich möchte dich unterstützen." Ich klinge ziemlich überzeugend. Ich hätte genau so gut Schauspielerin werden können.

Natürlich stimmt sie zu. Sie will sich um alles kümmern, braucht ein paar Tage um ihre Sachen zu ordnen und so weiter.

„Ist gut", entgegne ich und versuche das Telefonat zum Abschluss zu bringen.

„Den Rest erzählst du mir, wenn wir uns sehen, ja? Ich freue mich."

Aufgelegt.

Vito bewegt sich Richtung Haus und schaut mich freudestrahlend an. Die Sonne hat ihn satt und zufrieden gemacht. Ich schlage ihm vor, eine Bestellung fürs Abendessen an das Hotel abzugeben, währenddessen können wir schonmal einen Wein trinken und ich kann ihn auf Lydias Ankunft vorbereiten. Als wäre es nicht schon kompliziert genug…

Obwohl Vito alles erstaunlich gelassen aufgenommen und bereits mit Norbert gesprochen hat und eigentlich wirklich alles in Ordnung zu sein scheint (ich stehe dermaßen in ihrer Schuld), habe ich grauenvoll geschlafen. Ich weiß nicht, wann ich das letzte Mal so schlecht geschlafen habe. Nicht mal der Fauxpas in der Oper hat mich so mitgenommen. Im Gegenteil. In dieser Nacht hatte ich so gut geschlafen wie lange nicht, obwohl ich mich direkt nach dem Aufstehen natürlich nach Auer erkundigte, er war ja eigentlich ein gutmütiger Mann, wenn auch furchtbar fordernd.

Dass meine Schwester nun hier her kommt, bringt alles durcheinander. In diesem Haus ist zwar Platz für sie, aber ich weiß beim besten Willen nicht, wie ich es mehrere Tage nonstop mit ihr aushalten soll. Das letzte Mal so dicht zusammen waren wir im Ferienlager, ich war 11 und sie war 8, danach bin ich ins Internat geflüchtet und sah sie nur am Wochenende.

Wie soll das gehen?

Ich ärgere mich über die dumme Idee, sie eingeladen zu haben.

Als ich in die untere Etage komme, ist Vito gerade dabei das Futter für die Katzen anzurichten. Er ist genau wie Norbert, erst die Katzen, dann er (und ich). Draußen miauen sie schon wie verrückt, sie können die Näpfe klappern hören und drehen nun vollkommen durch.

Als Vito die Tür aufmacht, stehen mindestens 8 Katzen auf der Terrasse und miauen in unterschiedlichen Tonhöhen herzzerreißend vor sich hin, als hätten sie seit Tagen kein Futter mehr gesehen, dabei hatten sie vor einer Stunde schon die gleiche Ration bei Maria (oder sogar noch mehr). Die schaut von drüben über die Mauer und lacht. Da Vito nun vier Näpfe gleichzeitig versucht rauszubringen, helfe ich ihm mit der Tür und da ich ungeübt bin, rennt mir eines dieser Viehcher direkt in die Küche. Warum zum Himmel will sie rein, wenn es draußen Futter gibt?

„Hau ab, du Teufel!", höre ich mich noch mit ziemlich wenig Grazie bellen – ein Glück, dass Vito kein Wort versteht. Er zuckt nichtmal zusammen, vermutlich ist er diesen Ton von seiner Freundin gewohnt. „Dragon" nannte er sie ja.

Dennoch. Der Kontrollverlust über mein Leben nimmt langsam ungeahnte Ausmaße an: Erst muss ich das Hotel verlassen, dann kommt Vito (nichts gegen Vito, aber das habe ich mir ja nicht ausgesucht), dann kommt meine Schwester (leider habe ich mir das ausgesucht) und nun ist eine Katze im Haus. Jeder weiß, wenn die einmal reingelassen werden, versuchen sie es immer wieder. Ein Kreislauf des Bösen.

Vito sieht meinen elendigen Blick und lockt das Tier nach draußen. Dank sei Gott. Problem Nummer vier ist nun rückgängig gemacht, ich sollte also an den anderen drei Punkten arbeiten. Ich beschließe mal bei Giuseppe anzurufen und mich nach der aktuellen Lage zu erkundigen, schließlich bin ich nun schon ein paar Tage abwesend.

Erst nach dem fünften Klingeln geht jemand ran. Was ist denn das für eine Arbeitsmoral?

Es ist Maggie. Und obwohl ich unser kleines Mutter-Tochter-Spiel sonst gut vertrage, bin ich heute gar nicht zu Späßen aufgelegt und lasse sofort nach Giuseppe rufen. Maggie meint, er würde sicher in der nächsten Stunde nochmal auftauchen und sich dann melden. Nein, heute kann ich nicht warten. Ich sage ihr, dass sie ihn suchen soll. Auf der Stelle. Ich höre, wie sie mit genervtem Ton Christopher ruft und irgendwas vor sich hinflucht. Mir egal, am Ende werde ich nur meinem Ruf gerecht – ich hoffe, sie haben die Zeitungsausschnitte, die sie so fleißig sammeln, auch gelesen. Die Diva in mir lebt noch und befindet sich gerade in Hochform.

Ich lege auf.

Es dauert 2 Minuten, da ruft Giuseppe zurück. Geht doch.

Im Hotel hat man sich in der Zwischenzeit mit den Paparazzi arrangiert. Sie sagen allen, dass sie keine Auskunft darüber geben, wer hier logiert. Gut so. Allerdings ist von Stein ein Problem (wie er es schon immer war), denn er erzählte bereits einigen Reportern, dass er mich hier getroffen hat – im Pool!

Ja, du Nichtsnutz, tritt auch noch vor der gesamten Welt breit, dass du nicht die Contenance für eine elegante Ansprache besitzt. Einmal Wurm, immer Wurm.

Ich hätte am Pool einfach nicht reagieren sollen oder aber so tun sollen, als wäre ich jemand anderes, der nur sehr viel Ähnlichkeit mit Ina Faber hat. Vielleicht hätte er das sogar geglaubt.

Manchmal klappt das ja, dass man Dinge einfach sehr oft sehr eindringlich wiederholt und alle anderen tun es dann auch. So werden Kinder erzogen und manchmal auch ganze Völker auf Spur gebracht. Warum kam ich da nicht gleich drauf?

Da ich diese Chance leider vertan habe, ist nun also trotz allen Gutmeinen des Hotels durchgesickert, dass ich dort war, die Paparazzi werden also nicht so schnell abziehen. Natürlich wollen sie abwarten, ob ich eventuell wiederkomme. Und ich muss hier wohnen bleiben – vermutlich für immer! Es ist einfach nur schrecklich.

Aber hieran kann ich erstmal nichts ändern. Norberts Heim ist der momentan der beste Ort für mich und Vito die beste Tarnung (als „Paar" und nicht als solo-Frau).

Bleiben also Punkt zwei; von Stein und Punkt drei; Lydia.

Was tun?

ACHTZEHN

Nach langem hin und her habe ich mich von Vito zum Barbecue überreden lassen. Natürlich macht er das Barbecue und ich sitze am Pool und schaue zu. Einen Negroni hat er mir auch gemacht, er merkt sicherlich, dass ich anfange instabil zu werden und gibt daher sein Möglichstes mich zu unterstützen. Ein guter Mann.

Mit der Wahl des Abendessens bin ich trotzdem nicht zufrieden: Barbecue… gegrilltes Fleisch, wie barbarisch, ich muss unweigerlich an meinen Vater denken, in kurzer Hose und nacktem Oberkörper vorm Grill. Einmal oder vielleicht auch zweimal im Sommer grillten wir zuhause. Und das war dann der einzige Zeitpunkt für meinen Vater sich gehen zu lassen. Die Kleinstadt hatte ihn immer voll im Griff, er war ein gut bezahlter und angesehener Beamter und verhielt sich auch wie einer. Aber das Fleisch auf dem Grill (damals grillte man noch kein Gemüse, höchstens zwei Scheiben Toast als Beilage) brachte alles aus ihm heraus, was meine Mutter ihm über die Jahre so mühevoll abtrainiert hatte: Er war auf einmal ein Jäger und kümmerte sich liebevoll um das Abendessen seiner „drei Frauen", wie er immer sagte. Er war der Ernährer. Mein Vater war ein guter Mann, aber doch ziemlich verklemmt. Er brauchte diesen heißen Grill, um ein- oder zweimal im Sommer sein Hemd ausziehen zu können und dann auch noch das Unterhemd! Und so stand er dann mit nacktem Oberkörper und wendete das Fleisch, während ihn meine Mutter daneben ermahnte: Was sollten nur die Nachbarn denken? Das wusste er natürlich selbst und eigentlich war es auch sein eigener Gedanke und direkt nachdem alles vom Grill genommen war, wurden Unterhemd und Hemd wieder angezogen und wir dinierten gut angezogen in unserem eigenen Garten von Buchsbaumhecken umgeben.

In Dankbarkeit blicke ich zu Vito, der sein Hemd noch anhat und es wohl auch nicht ausziehen wird. Dem Armen läuft der Schweiß nur so runter. Ich habe keine Ahnung, weshalb die Leute in Malta immer Barbecue machen wollen – in sengender Hitze, denn auch abends ist es im Sommer einfach noch viel zu heiß. Auch ich bin ein Fleisch-Fan, aber weshalb noch mehr Hitze verursachen?

Norberts Erklärung dazu war, dass es das Einfachste sei, wenn man nicht das ganze Haus aufheizen will, eben draußen zu „kochen" – ergo Barbecue. Dieses Argument verstehe ich natürlich, aber seien wir ehrlich: Ein kalter Salat würde es auch tun. Wäre auch besser für die Linie, ist hier aber keine Option.

In der Zwischenzeit hat mir Lydia mitgeteilt, dass sie einen Flug buchen konnte für morgen Nachmittag, einen Direktflug mit der landeseigenen Airline.

Ich sende einen lachendes Emoji zurück. Ich lasse dich abholen, schiebe ich noch nach und rufe im Hotel an und gebe Bescheid, damit sie jemanden schicken.

Auch Vito verkünde ich die frohe Botschaft und er ist doch ziemlich begeistert. Freut sich anscheinend über mehr Leben im Haus. Na, schön, dann kann er sich ja auch mit ihr beschäftigen – aus diesem Winkel hatte ich die Sache noch gar nicht betrachtet. Vito und Lydia zusammen zu bringen, ist vielleicht gar keine schlechte Idee. Vito ist alleinstehend, Lydia jetzt auch, sollten sie sich gut verstehen, umso besser, beide sind nicht mehr allein und ich habe meine Ruhe.

Auf einmal habe ich das Gefühl, zumindest eine erste Idee für die Lösung von Problem Nummer drei gefunden zu haben.

Während Vito das Fleisch serviert, denke ich über mögliche Szenarien nach. Nach dem Essen (was wider Erwarten hervorragend schmeckt, Vito hat scheinbar viele Qualitäten – wunderbar) muss ich nach brauchbaren Fotos meiner Schwester suchen. Sicher habe ich irgendwelche Bilder von ihr in der Familien-Cloud rumliegen. Ja, stimmt, darum hatte sich immer Armin gekümmert, aber das wird nun vorbei sein. Wie ich meine Schwester kenne, wird sie nun alle gemeinsamen Bilder, auf denen die beiden zu sehen sind, ausdrucken und in ein Erinnerungsalbum kleben. Und wenn ich sie frage, weshalb sie nicht einfach alles löscht, wenn sie es sich doch nie wieder ansehen will, dann wird sie sowas sagen wie: „Die Haptik der Bilder hat mir bei der Verarbeitung meiner Wut geholfen." Sie und Friederike wären auch eine gute Kombi gewesen.

Von sowas war ich ja noch nie ein Fan. Zumindest hat sich Friederikes Schubladentaktik aber etwas bewährt, immer alles vollstopfen und wegschließen, was hochkommt und ansonsten alles vergessen, was war. Ich sollte Lydia mal diesen Tipp geben.

Als ich Vito frage, ob er auch morgen Abend für uns drei Grillen könnte (die Erinnerung an die Grillabende unserer Kindheit werden meine Schwester sicher auch etwas aufheitern), nickt er freudestrahlend und beginnt direkt mit der Planung für den morgigen Einkauf.

Gut, schon wieder die nächsten Aufgaben abgearbeitet: Meine Schwester wird abgeholt, hier hergebracht und dann grillt Vito für uns. Der erste Tag ist geschafft. Was soll da schon groß schief gehen?

Satt und zufrieden sitzen wir noch eine Weile vor den leeren Tellern. Natürlich ist es nun an mir für den Abwasch zu sorgen. Das bin ich Vito schuldig und das mache ich auch. Bei den

Resten helfen die Katzen, die sich fast umbringen, um die letzten Fleischreste zu ergattern. Richtige Aasgeier.

Wir lassen den Abend am Pool ausklingen und hören noch wie die Grillen zirpen, wirklich ein nettes Plätzchen ist das hier. Kein Wunder, wie der Preis zustande kommt.

Ich frage Vito, warum um Himmels Willen Norbert nur auf die Hauptinsel gezogen ist, wo er doch hier das Paradies hatte.

Er zuckt nur mit den Schultern und zieht eine Grimasse: „Women, you know…"

NEUNZEHN

Die Recherche nach einem brauchbaren Bild von Lydia, das ich Vito zeigen kann, hat mich den ganzen Morgen beschäftigt. In Armins Cloud (zum Glück gibt es sie noch und ich habe Zugriff!) sind hunderte Bilder von ihr, aber keines taugt, um einen potenziellen Interessenten anzulocken. Mal ungekämmt, mal ungeschminkt, mal auf dem Bauernhof als Erntehelferin, mal mit tränenden Augen vom Heuschnupfen. Was haben die beiden denn jahrelang zusammen gemacht? Offenbar jede unnütze Sekunde dokumentiert und dabei vergessen sich ordentlich anzuziehen.

Wenn sie auf die Suche nach brauchbaren Fotos von mir gehen würde, würde sie vermutlich innerhalb der ersten Minute fündig werden. Im Grunde könnte sie auch irgendwas aus der Klatschpresse ausschneiden: während der Vorstellung, vor oder nach der Premiere – es gäbe Auswahl ohne Ende und jedes Bild wäre wie von einem Fotoshooting. Aber gut, jeder wählt sein Leben selbst und ihres ist ganz offensichtlich und im wahrsten Sinne des Wortes aus der Form geraten. Aber wie soll es auch sonst sein, wenn man vom eigenen Ehemann für einen anderen Mann verlassen wird.

Mein Blick wandert auf ein Foto, auf dem sie eine Latzhose trägt. Auf keinen Fall.

Also kein Bild für Vito, der gerade zum Einkaufen gefahren ist. Er hat eine ellenlange Liste geschrieben mit Getränken und

Würsten und viel Fleisch. Dann wollte er wissen, ob ich damit einverstanden bin und ich konnte nur laut loslachen, ich habe schließlich keine Ahnung, bin mir aber sicher, dass er dafür umso mehr vom Grillen versteht. Dieses Argument stellte ihn schließlich zufrieden und weg war. Unter dem Maunzen der faulen Biester von dannen gezogen. Seltsam viel Zeit hat er, wo Norbert mir doch erzählt hat, sein Cousin käme für einen Business Trip her. Da sollte ich endlich mal nachhaken.

Ich rufe nochmal im Hotel an, um mich zu vergewissern, dass sie Lydia heute Abend auch wirklich abholen. Ja, es sei alles notiert, sagen sie - gut, dann wird auch nichts schief gehen.

Ich fühle mich seltsam nervös und sehe mich im Haus um – es ist aufgeräumt und riecht auch einigermaßen gut, vielleicht etwas modrig, aber das macht die Nässe. Heute Nacht hat es gegossen wie aus Eimern und das Wasser steht noch halb auf der Terrasse. Die Katzen stört das nicht, mit nassen Pfötchen stehen sie nun drüben bei Maria und bekommen ihre Futterration.

Als sie mich sieht, winkt sie und bekreuzigt sich danach und zeigt dann nach oben. Ja genau, niemand will so viel Regen, aber wenn es nicht regnet, ist es auch wieder schlecht. Also müssen wir dankbar sein für den Regen. Wer weiß schon, wann der nächste kommen wird?

Jetzt dreht sie Radio Vatikan voll auf und geht wieder ins Haus – die Tür bleibt offen. Damit kümmert sie sich um unser aller Seelenheil und das jeden Tag. Besser als jede Reliquie.

So gerne wäre ich jetzt im Hotel, würde die Aussicht von meiner Terrasse genießen oder aber das Hoteltreiben von der Bar aus beobachten. Von meiner Runde im Pool mit Irma ganz zu schweigen. Wie es ihr wohl geht?

Ganz sicher denkt sie nun, dass ich tot bin. Unter Wasser gedrückt von diesem lächerlichen pinkelden Wasserspiel. Ich sollte Giuseppe mal fragen, ob er das Ding nicht abbauen will – das ist einfach nicht mehr zeitgemäß und es stört Irma.

Die innerliche Unruhe treibt mich aus dem Haus. Der Hafen ist mir zu heikel, deshalb fahre ich nochmal nach Victoria – ein bisschen die Zeit verkürzen bis Lydia eintrifft.

Der Bus kommt recht pünktlich und ist ziemlich gut besetzt. Wo wollen die schon wieder alle hin?

Ich setze mich auf einer Zweierplatz neben eine Gozitanerin, die mit ihrem Einkaufswagen unterwegs ist. Sie wird vermutlich beim großen Supermarkt aussteigen – und so kommt es dann auch.

Mit im Bus fährt auch ein Mutter-Sohn-Gespann, offensichtlich aus Deutschland, ich tippe auf Westdeutschland, vielleicht Niedersachen, mit wenig Dialekt und einem Hauch nordischer Mundart. Mit Dialekten kenne ich mich ziemlich gut aus – in mühevoller Kleinarbeit wurden sie uns allen während des Studiums abtrainiert, sie stören beim Singen schon sehr und verunstalten die Vokale und Konsonanten bis zur Unkenntlichkeit. Den Tönen tut ein sächsisches „ö" auch nicht wirklich gut. Wenn man professionell singen will, muss das alles weg. Und so einen Dialekt vollständig abzutrainieren, ist ganz schön anstrengend und langwierig. Da zeigt sich dann meistens schon am Anfang, wer Disziplin hat und wer lieber nur fürs Hobby Singen sollte.

Das Mutter-Sohn-Gespann ist jedenfalls furchtbar anstrengend. Offensichtlich denken sie, dass sie die einzigen im Bus sind, die Deutsch sprechen. Die Alte zieht über alles her, was sie erspähen kann und ihr Sohn lacht genervt, aber doch zustimmend über jeden noch so unlustigen Witz.

Meine Güte, das Leben muss unglaublich wenig Farbe haben für solche Menschen. Ich versuche mir vorzustellen, was sie früher gemacht hat, jetzt ist sie ganz sicher Rentnerin. Sie hat leuchtend rote Nägel und auf ihren Lippen sind noch die

Reste des gleichfarbigen Lippenstiftes zu erkennen. Hellblauer Lidschatten und ein dicker schwarzer Lidstrich. Die gefärbten Haare notdürftig mit einer Haarspange hochgesteckt, überall hängen Strähnen raus – bei dem Wind kann man Haarspangen einfach vergessen, es sei denn, man betoniert sie mit Haarspray. Das ist die einzige Lösung an solchen Tagen.

Ich denke, sie muss immer eine Hausfrau gewesen sein.

Als ich aus dem Fenster schaue, fährt gerade ein älterer Mann auf einem knatternden Motorroller vorbei, an sich nichts Ungewöhnliches auf Gozo, allerdings fährt auch eine Ziege mit. Ich muss anfangen zu lachen und die Gozitanerin neben mir lacht auch.

„Giovanni!", ruft sie, lacht und schüttelt dann mit dem Kopf. Natürlich kennt man sich.

Inzwischen haben wir Bicceria erreicht und die Dame neben mir steigt aus, ab zum Einkaufen. Ich bleibe sitzen und fahre bis zum Busbahnhof.

In Victoria herrscht reges Treiben, wie immer, alle laufen durcheinander, es ist laut, Autoabgase liegen in der Luft, die Kirchenglocken läuten. Mein Smartphone summt vor sich hin und leuchtet: Ah, Lydia macht sich nun auf dem Weg zum Flughafen, der Countdown läuft also. Ich beschieße, erstmal einen frisch gepressten Orangensaft in meinem Lieblingscafé zu bestellen. Ankommen und die Stadt auf sich wirken lassen – das entspannt am meisten.

Während ich die große Hauptstraße hochlaufe, drängen sich die Menschen an einigen Läden vorbei. Um vorbeizukommen, muss man hier teilweise auf der Straße laufen und auf die Gnade der Autofahrer hoffen. In der Regel fahren sie einen aber nicht um. Die Bürgersteige sind einfach viel zu schmal. Vor mir wedelt ein Mann am Zeitungskiosk mit einer frisch gedruckten „Times of Malta". Ich bin schon beim Vorbeigehen und freundlich Abwinken, als ich mich doch nochmal umdrehe und ihm das Ding aus der Hand reiße.

„Excuse me, Sir!"

Auf der ersten Seite prangt ein Bild von mir!

Ich sehe unglaublich gut aus, aber auch mindestens zehn Jahre jünger. Wo haben sie das denn ausgegraben?

Die Ähnlichkeit zu mir scheint nicht gerade ins Auge zu fallen, ich stehe direkt neben dem Mann und habe ein Bild von mir in der Hand, aber er erkennt mich nicht.

Normalerweise wäre ich nun tödlich beleidigt. In diesem Fall bin ich jedoch ganz froh, denn noch mehr Aufregung wäre gerade gar nicht gut. Ich merke, wie mein Kopf glüht und mein Herz schlägt – schneller als vorher auf jeden Fall. Dieses Gottverdammte Lampenfieber fühlte sich immer genau so an. Wenn du im Training bist und jeden Tag eine Vorstellung hast, dann kommst du irgendwann damit klar, es legt sich zumindest soweit, dass es erträglicher wird, es wirft dich irgendwann nicht mehr völlig aus der Bahn, du zitterst nicht mehr, sondern bist nur nervös. Aber heute – seit Jahren keine Vorstellung, das Blut schießt mir nur so durch die Adern und ich kann fühlen, wie ich rot werde. Wahrscheinlich leuchte ich wie eine rote Ampel, mir bricht der Schweiß aus.

Vor Schreck drücke ich dem Mann die Zeitung wieder in die Hand und laufe weiter, nur um sie am nächsten Kiosk dann zu kaufen. Nichtmal die Schlagzeile hatte ich richtig lesen können, so tief saß der Schock.

Erst jetzt beruhige ich mich etwas, denn immerhin wurde ich nicht erkannt, obwohl ich neben dem Foto stand, das Altern hat einen enormen Vorteil, so viel steht fest.

Unter meinem glamourösen Foto steht in fetten Lettern Famous German Opera Singer in Gozo – her lover wants her back, darunter ein überschaubarer Text: Niemand wisse so genau, wo ich mich derzeit aufhalten würde: Ina Faber fled the Grand Hotel where she last lived. Her suite is still being kept free for her, her return is expected soon. In the meantime, Sergeij Mastjugow has left for Gozo, he will arrive tonight and then go in search for her. According to himself, the chorus singer wants the famous opera diva back.

Ich falte die Zeitung zusammen und fühle mich ausgesprochen schlecht.

Alles dreht sich.

Ich muss mich hinsetzen.

ZWANZIG

Als ich die Augen öffne, stehen ein paar Leute um mich herum. Ich liege irgendwo und mein Kopf dröhnt. Offensichtlich bin ich kurz ohnmächtig geworden. Von der Seite höre ich einen kräftigen Mann auf mich einreden, er lacht und sagt mir, dass er Arzt sei, ich solle mir keine Sorgen machen, das sei nur die Hitze gewesen, ich sei sofort wieder zu mir gekommen.

Ich lächele und nicke.

Niemand hat mich erkannt.

Bin ich so alt geworden?

Er fragt mich, ob er jemanden anrufen soll, der mich abholen kann. Ich gebe ihm Vitos Nummer.

Zehn Minuten später ist Vito auch schon da und schaut mich besorgt an. Bevor er fragen kann, deute ich auf das Auto und gebe ihm zu verstehen, dass wir erst drinnen reden sollten.

Er nickt – mein Gott, mit diesem Mann könnte ich eine Bank überfallen, dann wären auch meine Geldsorgen gelöst und ich würde mir ein großes Haus mit Pool und Terrasse für mich und Irma hinter eine noch größere Mauer bauen lassen. Eine Mauer wäre eine ausgesprochen gute Idee.

Im Auto gebe ich ihm die Zeitung.

Vito liest den Text aufmerksam durch, schaut dann einige Sekunden aus dem Fenster, schließlich zu mir: „Don't worry,

Ina, we will take care of that." Er lächelt und ich habe das Gefühl, dass ich ihm glauben kann.

Vito greift sein Smartphone und ruft Norbert an, der mich freundlich grüßen lässt – ab jetzt reden sie maltesisch.

Zuhause angekommen begebe ich mich erstmal in mein Schlafzimmer, ich habe mir zu viel zugemutet. Früher habe ich solche Aufregung mit links weggesteckt, heute klappe ich zusammen. Ich fühle mich alt und gebrechlich und an allem ist Sergeij schuld.

Ich schaue auf die Uhr, es ist schon Nachmittag, langsam müsste sich Lydia melden. Sie wollte ja Bescheid geben, wenn sie ins Flugzeug einsteigt. Bisher noch nichts. Ich bin gespannt, wann sie bemerkt, dass Sergeij mit ihr fliegt. Auch dazu noch keine Info.

Ich schreibe ihr, um sie vorzuwarnen.

Hat sie vielleicht ihr Telefon vergessen? Gott, sie war schon immer so zerstreut und ließ alles überall liegen. Vielleicht ist ihr Handy schon längst in der Obhut irgendeines Fremden. Und ich warte hier auf eine Nachricht. Zumindest für die Ankunft in Gozo wäre es nicht wichtig, jeder Angestellte aus dem Hotel würde die offensichtlich Deutsche (aufgeregt und mit hellrot glühenden Bäckchen) direkt finden und mir zuordnen.

Ich versuche nicht weiter darüber nachzudenken und mich etwas zu entspannen.

Vito hat mir unterdessen einen schwarzen Tee gekocht, den er mir aufs Zimmer bringt. Warum ist mir ein solcher Mann nicht begegnet als ich jünger war?

Zugegeben, er sieht nicht perfekt aus, aber er ist herzensgut und hat Humor. Als könne er meine Gedanken lesen, dreht er sich beim Verlassen noch einmal um und sagt, dass ich heute noch viel schöner aussehen würde als auf dem Foto.

Ich lache und winke ab und er zwinkert mit einem Auge und schießt die Tür leise hinter sich zu.

Ich nehme einen Schluck, fühle den warmen Tee in meinem Bauch und nicke dann wieder ein.

Etwa eine Stunde muss ich geschlafen haben. Selten hat es so gut getan. Ich schlafe nie viel, ich strenge mich ja tagsüber nicht besonders an, bis auf das morgendliche Schwimmen und so ist mein Körper auch nie besonders müde. Der kleine Schwindelanfall jedoch hat mir zuschaffen gemacht und so war ich richtig weg und habe nichts mitbekommen.

Lydia hat sich in der Zwischenzeit gemeldet: Der scheiß Flug wurde zehn Minuten vorm Boarding gecancelt. Was für eine Scheiße, bin auf dem Weg nach Hause.

Okay, also noch etwas Galgenfrist für mich.

Voller Lebensmut hüpfe ich nun aus dem Bett und gehe die Treppe runter, wo Vito und Norbert (auch seine Ankunft habe ich verschlafen) zusammensitzen und reden (maltesisch).

Ich sage ihnen, dass der Flug gecancelt wurde – also weder Lydia, noch (Gott behüte) Sergeij die Insel betreten werden.

Beide nicken und wirken ebenfalls erleichtert.

Ich bedanke mich für ihre Unterstützung heute Vormittag und setze mich dazu.

Norbert erzählt nun, dass er Katzenfutter für Maria besorgt habe und kurz vorbeischauen wollte, aber er wolle nun gleich wieder gehen. Von draußen höre ich sie mit den Säcken hantieren. Die Papierverpackung kraspelt als wären wir am Hamburger Hafen und die Katzen heulen als wären sie seit zwei Wochen nicht gefüttert worden. Dazu Marias alte kratzige und tiefe Stimme, die die Katzen versucht zu besänftigen. Wie lange es wohl noch dauert, bis meine Stimme so klingt?

Norbert geht wieder.

Vito will den ganzen Grill-Einkauf aufheben bis Lydia kommt (also vermutlich morgen oder in zwei Tagen, wenn der nächste Flieger geht) und friert jetzt alles ein, heute bestellen wir also beim Grand Hotel.

Während wir aufs Essen warten (zwei mal Gozo Cheese Ravioli), ruft Lydia an und erzählt mir von der Aufregung am Flughafen. Mittlerweile hatte auch sie von Sergeij gehört, ihn allerdings nicht selbst gesehen.

„Zehn Minuten vor Boarding, Ina! Kannst du dir das vorstellen? Die sind doch irre! Nicht mal das Bodenpersonal wusste Bescheid, die haben genau so verdutzt geschaut wie wir", ruft sie ins Telefon.

„Merkwürdig", sage ich, „haben sie euch sonst keine Informationen gegeben?"

„Technischer Defekt, aber das sagen sie doch immer. Jetzt warte ich jedenfalls, dass die wieder anrufen. Warum musstest du in so ein Chaos-Land auswandern? In der Schweiz passiert sowas nicht, Ina!"

Sie klingt genervt und ich bin es nun auch. Die Schweiz – teuer und kalt. Mit meiner Abfindung von der Oper hätte ich dort vermutlich nur ein halbes Jahr überlebt und das weit weniger komfortabel als hier. Was denkt sie eigentlich, wie viel Geld ich habe? Da platzt sie schon wieder in meine Gedanken.

„Was ist eigentlich aus der Einleitung geworden, Ina? Ich meine, ich weiß, du hast es gerade schwer, aber so ein paar Sätze lassen sich bestimmt auch in einem Ferienhaus schreiben, oder?"

Ihre Stimme bebt mittlerweile hysterisch vor sich hin. Jetzt sucht sie Streit. Das war schon immer der Moment, an dem sich entschied, ob die Stimmung kippte. Als Kind war sie auch schon so. Es bebte und dann konnte man würfeln, ob es einen riesigen Ausraster gibt oder sie gerade noch die Kurve bekommt.

Deshalb ist es wichtig, die eigene Stimme zu beherrschen. Ansonsten hat man jegliche Kontrolle über sein Leben verloren.

Ich versuche sie zu beruhigen.

„Ich bin dabei, sie ist bald fertig", glatt gelogen, aber sie schluckt die Kröte. Zumindest erwidert sie nichts. Das reicht mir in diesem Moment schon, ich erhole mich schließlich gerade von einem Zusammenbruch.

Ich sollte versuchen sie abzulenken.

„Was weißt du über diesen Nichtsnutz?", frage ich.

„Sergeij?"

„Wen sonst, Lydia?" Gott, wen soll ich sonst meinen.

Ich rolle mit den Augen – gut, dass sie es nicht sehen kann. Vito grinst.

„Deine Freunde von LEUTE HEUTE haben im Prinzip fast den gleichen Artikel, wie die Times of Malta gebracht. Sie hatten auch das gleiche Foto. Ich habe beide Zeitungen auf dem Rückweg gekauft. Du schuldest mir jetzt 5,80 Euro."

Ich warte kurz, um herauszufinden, ob das als Witz gemeint war, aber meine Schwester bleibt stumm.

„Lydia, ich habe dich doch gar nicht gebeten, die Zeitungen zu kaufen. Du solltest mir nur sagen, ob du mehr weißt, als in diesen Schmierblättern steht. Hast du Sergeij oder irgendein Fototeam gesehen?"

„Nein, wie ich schon sagte, nur die Zeitungen. Ich dachte, fürs Hotel…" schiebt sie hinterher.

Nun reißt mir der Geduldsfaden.

„Lydia, sie kaufen die Zeitungen hier selbst."

Meine Güte, ich kann nicht mehr. Wie soll ich bloß die Zeit überstehen, wenn sie hier ist. Ich muss sofort auflegen.

„Das Essen vom Hotel kommt gerade an. Halt mich auf dem Laufenden, wie es weitergeht, damit ich dich abholen lassen kann, ja?"

Vito schaut rüber und bemerkt die Unruhe. Er geht zum Wasserkocher und setzt vorsorglich Teewasser auf, das hat sich ja schon einmal bewährt.

Ich warte noch auf das „ja" am anderen Ende und lege dann ziemlich schnell auf.

Das Wasser kocht und zeitgleich klingelt es an der Tür. Heute haben sie wieder Maggie geschickt, mit einem riesigen Korb mit zweimal Gozo Cheese Ravioli und zwei Flaschen vom lokalen Rotwein.

Gut, zumindest befinden wir uns wieder in geregelten Bahnen.

Beim Essen frage ich Vito, weshalb er heute kein Fleisch bestellt hat, und er erzählt, dass seine Mutter ihm immer gerne die Ravioli kochte und er sich gerne mal wieder daran erinnern wollte.

Bei dieser Geschichte wird mir ganz warm ums Herz. Ich erzähle von meinem grillenden Vater und dem ausgezogenen Hemd – Vito lacht und schüttelt den Kopf. Für Malteser sind wir Deutsche vermutlich alle verklemmt und steif. Stimmt ja auch.

Was meine Mutter so gekocht habe, will Vito noch wissen.

Oh je, jetzt muss ich das ganze Elend ausbreiten. Meine Mutter hat sämtliche Diät-Zeitschriften erworben, die es so gab und dann wurden alle Trends nachgekocht. Mein Vater kam ja mittags nach Hause, aß mit uns und radelte dann zurück ins Amt. Immer wenn es einen neuen Hype gab, ist meine Mutter aufgesprungen. Eine Zeit lang gab es zum Beispiel vor allem Kohl, drei Wochen später für ein paar Tage dann nur noch Früchte.

Während ich mich davon erzählen höre, wird mir klar, welche Bedeutung die wenigen Grill-Abende im Sommer für meinen Vater gehabt haben müssen. Fleisch war auch eher böse, wenn man den Argumenten meiner Mutter Glauben schenken wollte.

Vito schaut mich völlig entsetzt an. „How did you survive, Ina? That's unbelievable!" Seine Augen sind so groß wie Billardkugeln.

„I went to a boarding school when I was eleven years old", antworte ich trocken und löse damit schallendes Lachen bei Vito aus. Ich muss nun auch lachen und schenke nochmal Wein nach.

Ein unerwartet schöner Abend – trotz allem Übel.

EINUNDZWANZIG

Morgens noch immer keine Neuigkeiten von Lydia. Gut für mich. Sowohl sie als auch Sergeij verschonen mich noch etwas. Beseelt von diesem Gedanken mache ich mich fertig und gehe in die untere Etage.

Vito ist scheinbar schon irgendwohin gefahren. Gestern hatte er nichts gesagt, aber irgendwann muss er ja auch mal arbeiten. Auf dem Tisch hat er einen Zettel hinterlassen. Don't wait for me, Ina. It's going to be late today… Vito.

Seltsam, denke ich, aber vielleicht musste er ja auf die Hauptinsel zurück?

Ich setze mir einen Kaffee auf und sehe draußen die wartenden Katzen. Richtig, wenn Vito bereits weg ist, bin ich wohl für die zweite Fütterung zuständig.

Ich bereite alles vor und bringe die Näpfe raus. Wie kann man nur freiwillig diese nervtötenden Biester als Haustiere haben?

Maria schaut wohlwollend von drüben rüber. Ich winke ihr zu, aber sie nickt nur, Winken findet sie vermutlich zu kindisch. Jetzt widmet sie sich wieder der Morgenmesse und dreht das Radio lauter.

Da mein Tagesrythmus ohnehin völlig aus dem Takt gekommen ist, weder Pool noch Irma, hole ich den Laptop und öffne das Dokument für die Einleitung.

Schreiben ist ein schrecklicher Beruf, vor einer leeren Seite sitzen - die reinste Hölle. Keine Inspiration, nur diese notdürftig zusammen gehämmerten knappen Sätze. Ich ahne langsam, dass das so nichts wird und versuche mich daran zu erinnern, was Lydia mir mal übers Schreiben erzählt hat: Nicht einfach drauf los, sondern erst einen Plan machen, worüber man schreiben will. Brainstormen, sagte sie. Aufschreiben, was man sieht. Was soll das eigentlich bei einer Einleitung sein? Ich schreibe doch keinen Roman, bei dem man einen Plot braucht – das habe ich bei dem schrecklichen Dinner mit dem Schriftsteller gelernt.

Also ich versuche zu brainstormen und stelle mir mein geliebtes Hotel vor und schreibe alles untereinander, was mir spontan in den Sinn kommt:

Meer

Terrasse

Aperol

Maggie

Christopher

Negroni

Irma

Pool

Giuseppe

Fleisch

Taucher

Touristen

Trinker

Katzen

Room service

Hafen

Restaurant

Kirche

Norbert

Haus

Maria

Vito

Sonne

Strand

Das sollten die wichtigsten Stichwörter sein, schonmal ein Anfang. Jetzt schaue ich auf die Abschnitte, die ich bereits geschrieben habe. Sehr gut, es ging um Taucher und Touristen – also schonmal zwei Sachen von der Liste abgehakt.

Gerade als ich ansetze, etwas über die Vegetation der Insel zu schreiben – im Winter grün, im Sommer verdorrt, aber mit jeder Menge Kakteen überall, klingelt das Telefon.

Lydia.

Natürlich muss sie mich im kreativen Prozess unterbrechen. Sie hat Antennen dafür: Wenn es einmal läuft, muss sie daherkommen und alles zerstören. Sie ist voller negativer Energie.

Ich nehme den Anruf an.

„Ich schreibe gerade die Einleitung. Bist du auf dem Weg? Gibt es einen neuen Flug?", rede ich direkt, ohne sie zu begrüßen. Zeit ist Geld.

Eine kleine Pause am anderen Ende verrät mir, dass sie damit nicht gerechnet hat. Ha! Deine große Schwester kannst du so schnell nicht aus der Fassung bringen, du kleine Hyäne.

„Oh! Das freut mich! Und ja, ein neuer Flug geht scheinbar heute Nachmittag. Ich schicke dir gleich die Zeiten."

„Super." Warum ruft sie dann überhaupt an?

Ehe ich sie fragen kann, setzt sie hinterher: „Ich habe vergessen zu sagen, dass ich keine Kuhmilch trinke. Kannst du mir Hafermilch kaufen?"

Das ist eine ganz neue Information für mich.

„Bist du Laktose-intolerant?", will ich wissen.

„Nein, ich vertrage die andere Milch nur besser und die armen Kühe. Wenn ich da bin, kann ich dir ein Video zeigen, wie die ausgebeutet werden. Ina, du machst dir keine Vorstellung…"

„Schon gut", unterbreche ich sie, „ich kaufe welche, kein Problem."

Schon vor langer Zeit habe ich gelernt, ein paar Dinge einfach zu tun, um meine Ruhe zu haben. Das funktionierte mit unseren Eltern, mit Lydia und damals auch mit Sergeij. Zumindest bis er völlig ausflippte. Heute Abend sollte ich einfach demonstrativ ein Glas Hafermilch trinken. Dann denkt sie vermutlich, dass ich Bescheid weiß und zeigt mir dieses Videos nicht. Ich sollte gleich drei Milch-Packungen kaufen.

Wir verabschieden uns. „Guten Flug – wir sehen uns heute Abend!"

Ich lege auf, klappe den Laptop zusammen, ich kann heute Nachmittag ja noch weiterschreiben. Erstmal die Hafermilch für den Seelenfrieden.

ZWEIUNDZWANZIG

Völlig genervt komme ich nach drei Stunden zum Haus zurück. Der Einkauf hat viel länger gedauert als ich dachte, nirgendwo gab es Hafermilch (warum auch, wer braucht sowas?!). Zuerst versuchte ich mein Glück im örtlichen Mini-Supermarkt, ziemlich verschwendete Zeit und als ich den Inhaber fragte, ob er Hafermilch habe, schaute er mich an, als wäre ich direkt von einem anderen Stern herabgebeamt worden. Prima Ina, wenn du deine Tarnung aufgeben willst, dann war das die richtige Strategie! Gott sei Dank ist den Menschen hier völlig egal, wer vor ihnen steht, also kam ich erfolglos, aber glimpflich davon. Danach war ich bei einem etwas größeren Supermarkt, auch da keine Hafermilch, dafür aber Sojamilch! Zumindest eine Alternative, falls auch mein letzter Anlaufpunkt, der große Supermarkt, versagen sollte.

Der Weg mit dem Bus dorthin war unglaublich nervig, die Straßen verstopft und wir waren direkt im Pendlerverkehr. Aber ich hatte Glück: Hafermilch in Hülle und Fülle, von den Gozitanern nahezu unberührt, sicher nur für die Touristen. Ich wette, es gibt nicht einen einzigen Gozitaner, der laktoseintolerant ist. Also habe ich drei Packungen eingepackt und musste wieder den ganzen Weg zurück, wieder Pendlerverkehr, Chaos, Hupkonzerte, knatternde Motorroller und eine Menge Abgase. Wenn man einen solchen Weg hinter sich gebracht hat, hat man sich den Nachmittags-Kaffee wirklich verdient.

Ich vermisse das Hotel nun einmal mehr – hier hätte ich einfach unten angerufen und jemand hätte mir alles nach oben gebracht. Mein Leben liegt in Trümmern.

Als ich vorm Haus ankomme, parken dort zwei Autos, eines ist ganz sicher Vitos, das andere gehört Norbert, soweit ich mich erinnere. Wollte Vito nicht den ganzen Tag unterwegs sein?

Ich schaue auf mein Handy, ob ich irgendeinen Anruf verpasst habe – nichts, auch keine Nachricht von Norbert, der sich sonst immer ankündigt, wenn er zum Haus kommt, damit ich mich darauf einstellen kann.

Seltsam ruhig ist es in der Straße und bei Maria ist die Tür zu (die sonst immer offensteht). Radio Vatikan höre ich aber leise durch die Tür dringen, gut, also lebt sie noch, Gott sei Dank. Ich hatte schon das Schlimmste befürchtet und bin kurz davor mich zu bekreuzigen. Die Katzen hat sie fast alle mit reingenommen, oder aber sie sind hinten in ihrem Garten. Nur eine hockt vor ihrer Tür, die kam vermutlich zu spät und wird nun vom Kollektiv bestraft.

Als ich näher zum Haus komme, höre ich zwei Männerstimmen lautstark auf maltesisch argumentieren, es könnten Vito und Norbert sein – kurz vor der Tür erkenne ich ihre Stimmen schließlich, auch wenn ich diese Tonlage sonst nicht gewohnt bin.

Als ich die Tür aufschließe, hören sie abrupt auf zu sprechen und tun so, als hätte es ihre Diskussion nie gegeben, beide lachen mich an und begrüßen mich.

Ich stelle den Einkauf ab und erzähle von der Tortur mit der Hafermilch, um die Stimmung aufzulockern, doch so richtig löst sich die Anspannung nicht.

Was um Himmels Willen ist hier eigentlich los?

Wahrscheinlich soll ich ausziehen. Wahrscheinlich hat sich Norberts Frau beschwert, weil sie das Haus am Wochenende selbst nutzen möchte. Oder aber ich soll raus, weil Norbert alles zu viel wird. Vermutlich hat er Angst, dass die Paparazzi bald auch vor seiner Tür stehen.

Norbert druckst rum und Vito schaut zur Seite, sagt dann etwas auf maltesisch, Norbert antwortet irgendwas.

Vito nickt und schaut mich seltsam ernst an. Ein Ausdruck, den ich bisher noch nicht auf seinem Gesicht gesehen habe. Er sieht so gar nicht freudig aus.

„Can we trust you, Ina?", sein Gesicht wirkt jetzt wie eingefroren.

Ein seltsamer Schauer überkommt mich und obwohl ich sonst gerne humorvoll antworte, bin ich jetzt darum bemüht so ernst und vertrauensvoll zu wirken wie nur möglich.

Ich nicke. „Of course!"

Vito nickt ebenfalls und schaut Norbert an, der ebenfalls nickt und sich zu mir wendet: „We have to show you something."

Norbert zeigt auf die Treppe und gibt mir zu verstehen, dass ich den beiden folgen soll.

Wir gehen die Treppe hoch. Oben angekommen bleiben wir vor dem dritten Schlafzimmer stehen. Hier soll später Lydia übernachten. Vito hält seinen Kopf neben die Tür und scheint auf ein Geräusch zu warten.

Bevor ich fragen kann, was hier eigentlich los ist, fragt mich Vito „What shall we do with him?" und öffnet ruckartig die Tür. Das Holz knarzt, ist aber weitaus beweglicher als es klingt.

Ich erschrecke kurz, fange mich aber innerhalb weniger Sekunden wieder. Diesen Anblick habe ich nicht erwartet. Ganz sicher nicht.

Auf einem Stuhl, angebunden an die Lehne, sehe ich den leibhaftigen Sergeij sitzen, mit geschlossenen Augen, zugeklebtem Mund, der Kopf hängt runter.

Schläft er oder ist er tot? Ich kann ihn nicht atmen sehen.

„Is he dead?"

Meine Stimme klingt seltsam ruhig.

Nobert schüttelt mit dem Kopf, „only sedated."

„Then kill him right now."

Beide Männer schauen mich entsetzt an.

DREIUNDZWANZIG

Vito und Norbert blicken immer noch wie vom Donner gerührt.

„Come on, guys, it was just a joke! I worked at the opera for 20 years!", ich zucke mit den Achseln.

Nobert schüttelt den Kopf, sagt aber nichts. Vito atmet schwer aus.

Da von Sergeij offensichtlich nicht viel Gefahr ausgeht, sein Kopf hängt immer noch schwer runter (Was haben sie ihm denn gegeben?), schießen mir eine Menge Fragen durch den Kopf: Wir kam er hierher? Der Flieger wurde doch gecancelt! Warum ist er in Norberts Haus und weshalb ist er gefesselt? Was zum Teufel soll das alles?

Alle drei stehen wir etwas unbeholfen in der Tür herum und sind still, jeder beschäftigt mit seinen Gedanken.

Vito macht die Tür schließlich wieder zu und nickt in Richtung Nebenzimmer.

Ja, wir sollten mal reden.

Im Zimmer nebenan setzen wir uns erstmal.

Mittlerweile bin ich mir sicher, dass Vito Mitglied der maltesischen Mafia ist. Das bestreitet er natürlich vehement, aber der (ziemlich professionell) an den Stuhl gefesselte Sergeij sieht mir schon sehr eindeutig aus.

Norbert wendet ein, dass ein Mann sowas zur Verteidigung können muss, ansonsten könne er auch nicht seine Familie beschützen. Das Argument kann ich schon nachvollziehen – in Malta sind die Männer noch echte Männer, das kann schon stimmen.

Aber warum dann die Betäubung?

Man müsse ja auch erstmal nachdenken, was man dann weiter macht, und dazu bräuchte es Stille, sagt Vito und nun bin ich tatsächlich davon überzeugt, dass ich hier keine Mafiosi vor mir habe – die hätten ganz sicher einen Plan bis zum Ende gehabt und brauchen keine Pause, um mal in Ruhe zu überlegen.

Das Problem mit Sergeij ist dasselbe wie immer. Der Gute hat sich überschätzt, wie auch früher schon. Nur diesmal ging es eben nicht um eine 4-Takt-Solostelle in einem Chorstück, sondern um ein handfestes Verbrechen – und zwar gegen mich!

Norbert erzählt, dass ein Schwager seiner Frau am Flughafen arbeitet. Einer der Kollegen des Schwagers seiner Frau wiederum hatte vor zwei Tagen einen Hinweis erhalten, dass in Kürze eine größere Ladung Kokain eintreffen würde – und zwar an Bord eines Passagierflugs. Wie zum Henker kann man sowas eigentlich übersehen?

Alle machten sich bereit. Der Schwager und sein Kollege informierten die maltesische Polizei. Das Kokain jedoch sollte an die maltesische Mafia gehen – mit besten Grüßen der russischen Mafia und adressiert an Frau Ina Faber, wohnhaft im besten Hotel auf Gozo. Soweit Vitos Erzählung.

Ich frage, woher Norbert das mit der Mafia weiß. Er verdreht die Augen und Vito zuckt mit den Achseln, man kennt eben ein paar Leute – aber das spiele auch keine Rolle, denn das Kokain sei nun bereits bei der Polizei. Gefunden haben sie es in mehreren Kunstgegenständen versteckt, denen man von außen nichtmal ansehen konnte, dass sie überhaupt zu öffnen sind. Eine gut verstaute Ladung.

Vito hatte anschließend noch mit seinem Cousin dritten Grades gesprochen (auch er gehört zur Polizei) und so bekamen sie Sergeij, der scheinbar einen Umweg über Rom geflogen ist und gar nicht im Flieger meiner Schwester gesessen hätte. Sergeij als drittklassiger Schmuggler und Kontakten zur russischen Mafia.

„So we have Sergeij and the Police has the Koks, right?", ich will mich vergewissern, dass ich alles richtig verstanden habe.

Beide nicken.

„But why don't they arrest Sergeij, why do we have him in the house?", so richtig viel Sinn ergibt sich für mich noch nicht aus dieser Geschichte.

Norbert atmet schwer ein.

„This is the little catch in the story, Ina. They want the handover to take place tomorrow to get the Maltese mafia dealer on it. The Koks itself is not enough. And for that they need you. We need you. You're going to make the drop and pretend that Sergei blackmailed you. They'll arrest the maltese dealer and Sergeij, and maybe even the Russian contact. It is the trail to the Maltese mafia. They want to get them."

Vito nickt.

Auf einmal sehe ich ihn mit ganz anderen Augen. Als ich ihn anschaue, lächelt er. Ich starte einen Versuch: „You are a detective?"

Er nickt noch einmal.

Ich schweige und muss erstmal nachdenken.

Ich fühle mich ein bisschen betrogen, ein bisschen veralbert, aber auch ein wenig herausgefordert. Und geschmeichelt. Ich denke kurz nach, schaue mir dabei die Fugen des gefliesten Bodens an. Besonders sauber ist er nicht gearbeitet, aber wen stört das schon, wenn eine Drogenübergabe mit Polizei und Paparazzi ansteht. Im Grunde kann ich mich ja glücklich schätzen, dass dieser Plan nicht aufgehen wird.

Ich merke, wie etwas Adrenalin durch meinen Körper strömt – die Dinge bewegen sich, also sollte ich es auch tun.

Vielleicht sogar eine ganz gute Kulisse, um wieder zu alten Höhen zu kommen. Wann, wenn nicht jetzt?

Ich bin entschlossen und habe nun eine Mission.

„So, then, let's do it!"

Jetzt nicke ich.

VIERUNDZWANZIG

Einige Vorbereitungen sind nötig, bevor man unter Polizeischutz eine Kokainübergabe machen kann.

Vito erklärt mir, dass ich verkabelt werde, damit sie jedes Wort hören (falls überhaupt gesprochen wird – ich solle vor allem abwarten und nicht von alleine reden, damit niemand Verdacht schöpft). Überall um das Hotel herum und auch drinnen werden maltesische Beamte sein, verkleidet als hotel staff und Besucher von der Hauptinsel. Wenn alles gut läuft, werden wir alle von den Paparazzi als Helden fotografiert.

Und falls nicht?

Dann müssten sie die Übergabe erstmal laufen lassen und ich wäre den Paparazzi völlig umsonst ausgesetzt, aber es sei den Versuch wert, sagen sie.

Das Argument stellt mich natürlich nicht zufrieden, allerdings kann ich auch keinen besseren Ausweg erkennen.

Erst jetzt denke ich an die Schlagzeilen zurück. Wann geht ihr das Geld aus?, He wants her back. Sergeij versucht sich offensichtlich auf meine Kosten zu bereichern – mit mir auf gemeinsamen Fotos für die Klatschpresse und mit Mafia-Geld aus schmutzigem Drogenhandel. Meine Güte, es geht scheinbar immer noch weiter abwärts. Die Wut, die ich eigentlich empfinde, wenn ich an Sergeij denke, ist fast verflogen. Momentan empfinde ich nur Mitleid. Er war wirklich noch nie mit besonders viel Verstand gesegnet, aber in diesem Akt hatte er selten schlechte Berater. Aber die Mafia ist ja auch nicht unbedingt als guter Sparrings-Partner bekannt. Ganz sicher hat er sich da reinquatschen lassen, von selbst kommt er nicht auf solche Ideen. Dafür ist er eigentlich zu harmlos.

Vito ruft mich nach oben.

Sergeij ist aufgewacht und wurde über seine Lage informiert. Durch den offenen Türspalt sehe ich, dass er ziemlich sauer ist. Er schnauft und sein Blick sieht aus wie der des Teufels. An diesen trotzigen Blick kann ich mich noch gut erinnern.

Vito nickt in seine Richtung, ich soll reingehen und mit ihm sprechen. Es sei wichtig, dass er morgen mitspielt.

Erst jetzt sehe ich, dass auf dem Schminktisch an der Wand eine Waffe liegt – das war mir vorhin in der Eile nicht aufgefallen. Während ich hinsehe, nimmt Vito sie direkt an sich. Wir sind hier scheinbar auf alles vorbereitet und er will, dass Sergeij das auch sieht.

Ich atme einmal tief durch und gehe auf ihn zu und bleibe ca. zwei Meter vor seinem Stuhl stehen. Er ist immer noch gefesselt, aber sein Mund ist nicht mehr zugeklebt, um seine Lippen herum kann ich noch die Reste des Klebers sehen. Der Gute kann froh sein, dass er gerade keinen Bart trägt, das hätte wohl sehr weh getan. Wenigstens hier hat er aufs richtige Pferd gesetzt.

Ich stehe und er sitzt und kann sich nicht erheben, allein diese Szene regt ihn schon so auf, dass er die Stille nicht aushalten kann, die ich erzwinge. Ja, gut so, fahre aus der Haut, wie immer. Ach Sergeij, du bist immer noch wie ein Tiger, der das Jagen erst noch lernen muss.

„Da stehst du nun, große Diva der Berliner Oper und schaust auf mich kleinen Chorsänger herab, Ina! Ich nehme an, das gefällt dir sehr?!", trotzt er hervor.

Er klingt gleichzeitig stolz und verletzt mit seinem russischen Akzent, den ich eigentlich immer ganz gern mochte. Seine dunklen Augen funkeln mich an und provozieren, er versucht zu kratzen und zu beißen wie eine junge Katze.

Ich muss an den zuletzt gekauften Hut denken und wie passend doch die Auswahl des Camouflage Musters war angesichts unserer aktuellen Situation. Ich ziehe mein Smartphone aus der Tasche und zeige ihm das Bild vom Hut – ohne ein Wort.

Er schaut mich entgeistert an.

Ich stecke das Smartphone wieder ein und lächele ihn an.

„Den trägst du morgen, Darling! Das wird unser großer Auftritt. Morgen wirst du berühmt!", ich höre die Gehässigkeit in meiner Stimme förmlich übersprudeln.

Aber eigentlich sollte ich ihm ja gut zureden. Vito hatte gesagt, er muss performen.

Aber seis drum, ich kann gerade nicht raus aus meiner Haut und das ist mein Moment.

Ich überlege noch kurz, ob ich noch etwas sagen sollte, aber eigentlich gibt es nichts zu reden und so drehe ich mich um und gehe wieder.

Nach drei Schritten knickt er wieder ein – ich wusste es!

„Warte", ruft er mir zu, ehe ich die Hand nach der Türklinke ausstrecken kann, „hilf mir, Ina! Bitte."

Ich halte kurz inne, drehe mich aber nicht um. Dann gehe ich langsam aus dem Zimmer und schließe die Tür hinter mir.

Der Junge hat echt Nerven. Schmuggelt Koks, will es mir anhängen und damit auch noch berühmt werden.

FÜNFUNDZWANZIG

Im Haus gibt es nun Arbeitsteilung. Norbert kümmert sich um Sergeij, bringt ihm Essen und beaufsichtigt ihn, wenn er mal zur Toilette muss (ausgesprochen oft, die schwache Blase war mir früher nie aufgefallen - ist er nicht viel zu jung für sowas?). Vito und ich sind unten und bereiten den morgigen Tag vor. Ich spüre wieder diese Nervosität, aber diesmal positiv, es kribbelt und ich will, dass es gelingt. Es gibt nur ein Problem und das trifft noch heute Abend ein: Lydia.

Wir debattieren darüber, ob sie Teil der Übergabe werden soll. Ich bin nicht überzeugt davon, ihr Schauspieltalent hält sich wirklich in Grenzen. Was, wenn sie alles vermasselt? Es wäre nicht das erste Mal. Den einzigen Auftritt, den sie je hatte, hat sie ziemlich vergeigt, damals in der Grundschule. Sie war so nervös, dass sie in der Nacht vorher nicht einschlafen konnte. Keine einzige Minute hatte sie die Augen zu. Am nächsten Morgen sah sie dann aus wie im Zeitraffer gealtert, unsere Eltern dachten, sie sei ernsthaft erkrankt. In der Aula vergaß sie dann ihren kompletten Text und nach der Schulaufführung heulte sie den ganzen Tag.

Ich sage den beiden, dass ich mir nicht so sicher bin, ob sie wirklich dabei sein sollte.

Wir haben hier ein Riesenproblem, gibt mir Vito zu verstehen, denn wir können es nicht vor ihr verheimlichen. Wir können Sergeij nicht vor ihr verbergen (eigentlich nur wegen der Gänge zum Klo). Sie muss also eingeweiht werden.

Norbert und Vito seufzen. Alles ist so schwierig.

Lydia kennt weder die Insel noch das Hotel, es ist ihr allererster Besuch hier, sie hat keinen Schimmer von den Abläufen, den Menschen und so weiter.

Norbert vergräbt sein Gesicht in seinen Händen, Vito atmet wieder schwer – ja, nun wisst ihr mal, wie sich das für mich anfühlt – und zwar jedes Mal. Seit Jahrzehnten. Schon als Lydia das Licht der Welt erblickte, schrie sie. Und überhaupt, die Familie macht immer Probleme. Und schon in wenigen Stunden wird meine gute Schwester vor uns stehen.

„Can't she just stay in the house?", frage ich die beiden.

Norbert winkt sofort ab und Vito erklärt mir, dass das keine gute Idee sei. Falls die Verbindungsleute doch von Sergeijs Entführung Wind bekommen haben, könnten sie versuchen Lydia zu entführen, um uns zu erpressen.

Und ich dachte, der Plan sei wasserdicht!?

Also gut, dann hilft es nichts, sie muss mit.

Wir überlegen hin und her. Wer wird da sein? Ich natürlich, gemeinsam mit Sergeij, der seine ursprünglich geplante Übergabe durchführen soll. Ich bin dabei, um die Fotografen anzulocken, die dann hoffentlich schlau genug sein werden, nicht nur Fotos von mir, sondern vor allem auch von Sergeij bei seiner Drogenübergabe zu machen.

Ob das auch klappt? Sich auf die Vernunft der anderen verlassen zu müssen, geht selten gut aus.

Der Dealer, der den Stoff entgegennehmen wird (wie sollen wir den eigentlich erkennen zwischen den ganzen Menschen?), wird auch da sein, aber niemand weiß so genau wann und wo.

Vito wird da sein und im Restaurant mit direktem Blick auf die Terasse alles beobachten. Norbert wird im Auto sitzen, was an der Straße gegenüber parkt, er fährt Sergeij und mich morgens zum Hotel, in welches wir aber über getrennte

Eingänge gelangen müssen. Weitere Polizisten werden auf der Terrasse und im Hotel sein. Und natürlich weitere Hotelgäste und Angestellte. Sind die eigentlich alle eingeweiht?

Vito schüttelt den Kopf, nur der Inhaber und einige Angestellte seien eingeweiht, darunter Giuseppe, Christopher und Maggie – sie dürfen die Polizisten, die als hotel staff verkleidet sind, nicht aufhalten, wenn sie durchs Hotel laufen. Besser gesagt, müssen sie dafür sorgen, dass sich ihnen niemand in den Weg stellt.

Und natürlich werden auch einige Paparazzi, die darauf warten, ein Foto von mir zu machen, anwesend sein. Ein Zivilkontakt der Polizei wird ihnen am Vorabend stecken, dass die große Wiedervereinigung von Ina und Sergeij am kommenden Morgen stattfinden wird.

Also gut, warum Lydia nicht auch einfach als normalen Hotelgast auftauchen lassen? Sie könnte einfach „einchecken", während alles vonstatten geht. Eine einfache Rolle mit einem Text, den man nicht vergessen kann, man macht es ja sehr oft. Ich finde diese Idee jedenfalls sehr gut.

Zu unsicher, meint Vito, sie würde sich die ganze Zeit nach uns umsehen.

Stimmt wahrscheinlich.

Und wenn wir sie mit an unseren Tisch nehmen, sie könnte mit mir einfach mitkommen?

Vito schüttelt den Kopf. Viel zu unsicher, für sie ist alles unbekannt, kein sicheres Terrain also und es sei auch nicht sicher, wie lange wir uns wo bewegen. Ich solle mich darauf einstellen, dass wir spontan reagieren müssen, damit Sergeij und ich zügig und vor allem zur Überraschung aller zusammen gesichtet werden; als Paar eben. Da stände Lydia nur dumm in der Gegend rum.

Es schüttelt mich, während Vito diese Szene beschreibt, PAAR!

Plötzlich sieht Vito nach oben. „A couple!", er lächelt, „that's it!", und er zeigt auf mich.

„I will take her with me and we sit together in the restaurant – that's perfect. Nobody will ask any questions for a couple in the restaurant."

Er nickt zufrieden und schaut Norbert an, der nickt auch.

Das ist wirklich keine so schlechte Idee, denke ich. Vito ist schon ein schlaues Bürschlein. Vor allem, da der Zugriff ja draußen stattfinden soll, womit Lydia weit vom Geschehen entfernt wäre. Je weniger Bühne für sie, umso besser. Um mit Vito zu essen braucht sie auch keine Schauspielkenntnisse und gleichzeitig ist sie sicher mit ihm. Das wird sie gerade noch hinbekommen. Der Plan steht also. Jetzt müssen wir sie nur noch in Kenntnis setzen.

SECHSUNDZWANZIG

Mein Handy vibriert und ich sehe eine Nachricht von Lydia: Ich bin da. Machst du auf?

Herrgott, warum kann sie nicht einfach wie jeder normale Mensch an der Tür klingeln?

Ich gebe Norbert und Vito ein Zeichen und gehe zur Tür. Noch bevor ich öffne, höre ich sie mit dem Taxi-Fahrer vom Hotel debattieren. Es geht offensichtlich ums Geld. Versucht sie etwa gerade den Preis zu verhandeln?

Ich öffne die Tür und gebe Matteo (es ist natürlich der Taxi-Fahrer vom Hotel) zu verstehen, dass alles auf meine Rechnung geht.

Er winkt ab und lacht und schaut zu Lydia, die mich fragend ansieht.

Gott, wie peinlich.

„Hallo Schwester! Wie war deine Reise?", mit einer großen einladenden Geste umarme ich sie, als würden wir hier ein Stück aufführen, aber irgendwie ist es ja auch so und man muss sich schließlich angemessen auf die Premiere vorbereiten.

Lydia schaut mich entsprechend skeptisch an, aber dann wirkt meine Überzeugungskraft und sie drückt sich an mich wie ein kleines Kätzchen. So haben wir uns zuletzt umarmt, als wir in der Schule waren. Es muss ihr wirklich schlecht gehen. Armes Ding.

„Danke, dass ich hier sein kann", presst sie hervor und an ihrer Stimme höre ich schon, dass die letzten Tage vor allem aus Weinen und Wut bestanden haben müssen. Sie tut mir wirklich leid, das hat sie nicht verdient.

Ich nehme sie mit rein und stelle ihr Norbert und Vito vor. Von Norbert wusste sie bereits einiges, es wundert sie nicht, dass er hier ist. Bei Vito schaut sie schon etwas fragender, aber natürlich ist sie freundlich, so wie unsere Eltern es uns beigebracht haben. Von draußen zieht Grillgeruch herein (trotz Allem wollte Vito an seinem Plan festhalten und für uns Barbecue machen) und so nimmt sie wohl an, dass Vito, offiziell immer noch Norberts Cousin, einfach zum Grillen vorbeigekommen ist. Wir sind hier Gäste, dies ist nicht unser Haus. Ihre Reaktion ist vollkommen angemessen, bei solchen Situationen kann man sich trotz aller Fehler auf sie verlassen.

Ich nehme ihr die große Tasche ab.

„Komm erstmal in Ruhe an und dann gibt es bald Essen."

Sie lächelt erleichtert.

„Ich würde schonmal alles hochbringen und ein bisschen auspacken", sagt sie und zeigt zur Treppe. Sie sieht so müde aus, ganz erschöpft, aber ich darf sie nicht allein dort hoch lassen. Jetzt noch nicht.

Ich winke ab.

„Ach, die drei Sachen kannst du auch später noch auspacken. Setz dich einfach mal hier hin und ich mache dir einen Drink!", ich lache sie an und so kann sie nicht widersprechen.

Was das Problem in der oberen Etage angeht, haben wir verabredet, dass Lydia nach dem Essen eingeweiht wird. Sie muss sich erstmal von der Reise erholen und etwas stärken, bevor ihr klar wird, dass es morgen noch keinen Urlaub für sie geben wird. Und dann braucht sie ja auch noch ein paar Stunden Vorbereitungszeit, die wir anderen drei schon hatten und unsere Rollen daher schon verinnerlicht haben. Vito ist als

Kriminalpolizist natürlich sehr geübt darin. Aber auch Norbert ist nicht schlecht. Ich wusste schon immer, dass er gerne mal jemand anderes wäre – allein die Sache mit dem Namen war schon auffällig genug. Dass es allerdings so weit geht, hatte ich nicht ahnen können…

Als ich uns zwei Drinks hinstelle, wirft mir Vito einen Blick zu. Ich verstehe direkt, was er mir sagen will: Ich soll mit dem Alkohol aufpassen – und damit hat er vollkommen recht. Natürlich meint er Lydia. Sie sieht aus wie ein Häuflein Elend. Sie war schon immer sehr schlank, aber nun scheint sie äußerst abgemagert zu sein – das macht natürlich der Kummer. Der muss in den letzten Tagen sehr groß gewesen sein, so wie sie aussieht. Sie hat gar keine Substanz an sich, um den Alkohol vertragen zu können, aber morgen muss sie fit sein.

Im Grunde sind Beziehungen eine Pest: Wenn man verliebt ist, dann ruinieren die Schmetterlinge einem den Appetit und man ist völlig auf Adrenalin und wenn man getrennt ist, will man am liebsten sterben und bekommt keinen Bissen herunter und in der Zeit dazwischen sehnt man sich nach einem dieser Zustände zurück.

Ich hole ein paar Nüsse (danke für diesen Einkauf, Vito!) und stelle sie vor uns und dann noch ein großes Glas Wasser und schiebe es vor meine Schwester.

Da sie ungemein gesund lebt, nimmt sie zuerst das Wasser und trinkt das Glas halbleer. Gut, so wird es morgen gelingen.

„Also wie war die Reise? Scheint alles gut geklappt zu haben, oder?", will ich nun wissen.

Lydia nickt zufrieden.

„Ja, nach dem ersten Reinfall ging es nun reibungslos", sie seufzt, „nur der Herr auf dem Flug neben mir… Ina, er hat mir versucht solche Märchen aufzutischen! Angeblich war er ein Hubschrauberpilot in der australischen Armee, der jetzt seine kranke Mutter besuchen muss, der – ganz nebenbei – die halbe Insel gehört!"

Sie lacht laut. Zum ersten Mal sehe ich, wie die Verzweiflung aus ihrem Gesicht weicht. Sie sieht etwas vernachlässigt aus (wenn das alles hier vorbei ist, werde ich mit ihr in den Spa gehen und ihr eine Runderneuerung bezahlen), aber sie ist immer noch hübsch. Sie ist ja auch jünger als ich.

„Wie sah er aus?", frage ich.

„Um die 60, mit einer ziemlich schiefen Nase."

Ich lache.

„So wie ein gut gealterter Boxer?"

Lydia nickt erwartungsvoll.

„Du hast John getroffen, Lydia! Den Erben der reichsten Malteserin! Ihm werden bald ziemlich viele Grundstücke und Häuser hier gehören."

Lydia schaut mich verdutzt an.

„Meine Güte, wenn ich das gewusst hätte", sie runzelt die Stirn, sodass sie plötzlich um Jahre gealtert wirkt. Der Zornesfalte unserer Familie kann niemand entkommen.

„Dann hättest du was gemacht? Hättest du ihm schöne Augen gemacht?"

Ich zwinkere und lache.

Jetzt schaut sie mich noch entsetzter an als vorher.

„Was, Schwester? Ich zumindest brauche das Geld!" setze ich hinterher, ohne die Miene zu verziehen.

Jetzt lacht sie auch.

SIEBENUNDZWANZIG

Mit Lydia ist es wie mit einem kleinen Kind. Erst muss man Essen hineintun, ein bisschen lieb sein und etwas spielen, ein paar Anekdoten erzählen. Danach kann dann die Strafpredigt folgen, deren Moral niemals in Vergessenheit geraten soll. In unserem Fall hieß das heute Abend: Erst Drinks und wirklich exzellentes Barbecue mit zwei humorvollen Gozitanern im besten Alter (es ist ein Jammer, dass beide bereits verheiratet sind, einer hätte ja für Lydia gereicht) und danach die Wahrheit über das belegte Zimmer im oberen Stock und unseren Plan mit Sergeij.

Ich muss zugeben, dass ich kurzzeitig Angst um Lydia hatte. Ihre Gesichtsfarbe wechselte von weiß zu aschgrau, als sie hörte, was Sergeij geplant hatte – Drogen, Betrug, Polizei, das war schon zu viel für sie. Und alles für ein paar Schlagzeilen (welcome to my life!!!). Es haute sie regelrecht aus den Latschen, sodass Norbert noch einen Ramazotti bringen musste und Vito wieder den kritischen Blick aufsetzte.

Leider war das ja noch nicht alles. Ich wusste bis hierhin genau, dass meine Schwester alles verstehen würde und dass sie Sergeij verfluchen würde bis an sein trauriges Lebensende. Immerhin so viel Schwestern-Pathos konnten wir trotz aller Zwistigkeiten füreinander aufbringen.

Der zweite Part der Geschichte war jedoch der weitaus schwierigere, denn nun mussten wir ihr mitteilen, dass wir ihn dort oben festhalten, festgebunden an einen Stuhl mit einem Knebel im Mund.

Ich zog es vor, nicht mit mir selbst anzufangen, um dem ärgsten ihrer Vorwürfe direkt zu entgehen.

„Lydia, hör zu, ich muss dir noch etwas sagen, wir müssen dir etwas sagen", fing ich behutsam an, entschloss mich dann aber alles einfach ohne Pause zu sagen, um keinen Widerspruch zuzulassen.

„Vito ist ein Kriminalpolizist. Er hat Sergeij festgenommen, mit den Drogen. Nun könnte man denken, Sergeij wäre auf einer Polizeiwache untergebracht worden, aber so ist es nicht. Sergeij ist oben in einem der Zimmer, ja, er ist in diesem Haus. Es ist abgeschlossen und wir werden morgen gemeinsam die Drogenübergabe machen. Wir müssen es für die Polizei durchspielen, damit sie ihn festnehmen können. Wir müssen alle mitkommen, damit auch die Hintermänner festgenommen werden können."

Jetzt endlich Pause, ich atme durch und schaue sie an.

An meinem ersten Blick erkennen Norbert und Vito, dass ich gerade versucht hatte meine Schwester einzuweihen.

Lydia fängt auf einmal hysterisch an zu lachen.

„Ina", kreischt sie herum und ebbt direkt wieder ab und sieht mich an. Das Aschgrau, das ich vorher bereits für ziemlich bedenklich gehalten hatte, verwandelt sich nun in eine blaugraue Fahlheit, die die dunklen Schatten unter Lydias Augen noch besser hervortreten lässt. Sie sieht auf einmal aus, als wäre sie achtzig Jahre alt und ich habe kurzzeitig Angst, sie könnte vom Stuhl kippen.

Aber sie hält stand.

Zugegeben – meine Überrumpelungstaktik war nicht gerade einfühlsam, aber es ist 21 Uhr und wie lange soll das hier noch gehen?

Norbert nimmt sich etwas Zeit, um ihr ein paar Dinge zu erklären und schließlich weiht Vito sie in den Ablauf ein. Sie scheint sich ganz wohlzufühlen mit dem Gedanken, dass sie morgen bei Vito im Restaurant sitzen wird – etwas entfernt von der eigentlichen Szene. Vito scheint sie beruhigen zu können und langsam bekommt sie wieder Farbe.

Auf Vitos Frage hin, ob sie Sergeij sehen möchte, damit sie weiß, dass alles, was wir sagen, auch stimmt, schüttelt sie energisch den Kopf. Dann schaut sie mich an und schüttelt wieder den Kopf. Natürlich gibt sie mir die Schuld für das alles hier. Aber was soll's, ich bin es ja gewohnt.

Vito und Norbert verabschieden sich, nachdem wir den Ablauf für morgen früh nochmal durchgegangen sind: Vito und Lydia werden natürlich vor uns eintreffen, sie werden drinnen im Restaurant frühstücken und alles beobachten. Danach werden Norbert, Sergeij und ich ankommen. Norbert lässt mich am Hintereingang des Hotels raus, der Teil, der nur durch den staff betreten wird. Dann fährt er auf die Hauptstraße zum Eingang des Hotels und bleibt im parkenden Wagen, während Sergeij aussteigen und in Richtung Terrasse laufen wird. Das Kokain hat er in einer kleinen Herrentasche dabei (natürlich nur einen kleinen Teil, den großen Rest hat bereits die maltesische Polizei beschlagnahmt). Mit seinem Kontakt hat er abgesprochen, das Koks an einem der Tische zu deponieren. Er selbst muss sich zwangsläufig dann in die Nähe setzen – nur so kann es so aussehen, als hätte er die Tasche nur zufällig abgelegt, falls doch jemand auf das Ding achten sollte. Niemand weiß, ob der Händler pünktlich eintreffen wird – wir sind auf Gozo – das ist das Risiko an der ganzen Geschichte.

Ich werde aus dem Hotel heraus auf die Terrasse treten und dann wird es Blitzlichter gewittern. Der Dealer wird Angst bekommen und mit der Beute versuchen das Weite zu suchen und schließlich wird Vito kommen und ihn festnehmen. All das werden wir auf Fotos gut dokumentiert haben. So der Plan.

Lydia nickt und bekreuzigt sich (seit wann macht sie das denn?). Sie wirkt dabei furchtbar theatralisch und ich sehe ihr an, dass sie nicht wirklich daran glaubt, dass es gelingen wird. Das ist aber auch nicht wichtig. Sie ist nur eine Statistin, sie kann ruhig ihren Zweifel haben.

Aber ich, ich werden brillieren.

Wir sitzen noch einige Minuten und hören den Katzen zu. Sie tigern um den Pool herum und durch die Büsche, ab und zu miaut eine und versucht die letzen Fleischreste vom Boden aufzulesen. Schnell, schnell, bevor die Ameisen sich morgen früh alles holen. Die Biester schleppen alles in ihren Bau und füttern ihre Königin fett, doch eigentlich ein wunderbares Konzept, wie ich finde – zumindest wenn man die Königin ist.

Kein Wort haben wir heute über Armin gesprochen und ich habe deshalb ein schlechtes Gewissen. Ich frage sie, wie es ihr jetzt gerade geht und ob sie noch Kontakt haben.

Lydia schüttelt den Kopf.

„Er schreibt mir seit ein paar Tagen wieder, aber ich antworte nicht", seufzt sie traurig vor sich hin.

„Gut so!", bestärke ich sie, „was wollt ihr auch reden? Er hat dich betrogen – mit einem Mann!"

Das Wort schallt nur so über die Terrasse und sie vergräbt ihr Gesicht in ihren Händen.

Sie seufzt laut und atmet tief ein.

„Es ist nicht nur das, Ina."

Ich spüre, das sie um die richtigen Worte ringt.

„Ich wollte doch nur ein wenig Abwechslung, alles ein bisschen beleben."

Gespräche dieser Art führe ich eigentlich nicht mit meiner kleinen Schwester (eigentlich mit überhaupt niemandem) und ich spüre, wie sich ein unangenehmes Gefühl in mir ausbreitet. Sie kann mir nicht in die Augen sehen und ich will in den Abgrund, der sich bereits vor mir aufzutürmen droht, eigentlich gar nicht blicken. Aber natürlich kann ich nicht so tun, als hätte ich diesen Wink nicht verstanden. Um ehrlich zu sein, ahne ich ziemlich genau, was sie mir sagen will.

Ich starte einen Versuch.

„Willst du mir damit sagen, dass ihr zu dritt im Bett wart?"

Ich höre mich das wie eine empörte Gouvernante sagen. Was für ein Mist, so sollte das nicht klingen.

So wie Lydia eben schon immer in solchen Momenten war, so ist sie auch heute. Still, verschämt nach unten blickend, schuldbewusst. Meine Güte, die Prüderie unserer Eltern wirft ihre langen Schatten immer noch über sie.

Ich versuche sie aufzuheitern.

„Lydia, dafür musst du dich wirklich nicht schämen. An der Oper hat jeder es mit jedem getrieben, in der Kunst ist sowas Gang und Gebe."

Ich zucke mit den Schultern.

Jetzt taut sie auf, seufzt aber noch lauter.

„Ich schäme mich nicht. Es ist nur… es war nicht nur einmal…"

Pause.

„Es war öfter, oft, ach scheiß drauf, wir hatten eine Affäre und ich liebe den Scheißkerl einfach."

„Wen? Armin?"

„Nein, Tom!"

„Oh."

Lydia nickt und seufzt noch lauter als vorher. Ich war mir nicht darüber im Klaren, was für ein lautes Organ sie doch haben kann.

So langsam dämmert es mir. Sie hat sich in den zweiten Mann verliebt, in Tom – unseren Bühnenbildner! Armin fand es raus und verließ sie. Achja und er wollte ja selbst mit Tom zusammen sein. Gott ist das kompliziert. Das ist Berlin, die Anstrengung pur, Gott sei Dank bin ich auf Gozo. Ich will von solch komplexen Beziehungsthemen gar nichts mehr wissen. Schrecklich.

Ich merke, wie mir diese Gefühlsduselei langsam zu viel wird. Ich spreche sonst einmal die Woche mit meiner

Schwester, wenn überhaupt, manchmal schicke ich ihr auch nur Bilder, ich finde, für heute Abend ist es genug.

Natürlich merkt sie es und ehe ich unfreundlich sein kann, beendet sie den Abend.

„Ich gehe schlafen, Ina, Norbert hat mir alles gezeigt, lass uns morgen Abend weiterreden, wenn wir dieses Drama hinter uns gebracht haben", sie lächelt trotz allem. „Danke, dass ich hier sein kann."

Lydia greift unsere Gläser und bringt sie in die Küche.

Ich schaue ihr noch hinterher und bin dankbar, dass sie dieses Gespräch aufgelöst hat. Ich muss nun auch zur Ruhe kommen. Morgen wird ein wichtiger Tag.

ACHTUNDZWANZIG

Weniger träumen, lieber machen! Venus, Mars und Merkur geben Ihnen Biss, einen klaren Blick und jede Menge Strahlkraft. Heute sind Sie die geborene Diplomatin, aber Vorsicht: Das Comeback eines Ex kündigt sich an…

Horoskope sind vortreffliche Begleiter, vor allem an Tagen, an denen es drauf ankommt. Heute ist definitiv so ein Tag.

Ich höre schon alle im Haus rumwuseln, überall ist Bewegung, jemand holt etwas, die Türen knallen, alle bereiten sich auf ihren Einsatz vor. Es ist ein bisschen wie an der Oper vor der Vorstellung, wenn die Nervosität steigt, aber man noch so viel zu tun hat, dass man sich davon nicht ablenken lassen darf.

Ich sollte auch mal Lydias Horoskop checken.

Sie sind erwachsen und sollten nicht vergessen, dass sie tun und lassen können, was Ihnen gefällt. Saturn wird Sie stärken, bei allem, was Sie gegen andere Leute durchsetzen wollen.

Das ist doch mal was! Ich mache ein Foto vom Text und schicke es ihr.

Zurück kommt ein lachendes Gesicht, danach ein Herz. Dann ein „Wo bleibst du, wir sind alle schon unten!!!"

Gut, wir sind also soweit und sie hat zumindest wieder ihren normalen Ton wiedergefunden, so schlecht kann es ihr ja nicht gehen. Drei Ausrufezeichen sind ein positives Signal.

Ich sehe noch einmal in den Spiegel.

Niemals hatte ich eine offizielle letzte Premiere, niemals eine offizielle letzte Vorstellung. Ich ging ohne jede Ehrung, weil ich einfach nur weg wollte von diesen entsetzlich mittelmäßigen Menschen, die mir nicht verzeihen konnten, dass ich ein einziges Mal nicht so wollte wie sie. Zu diesem Zeitpunkt war es mir egal, ich wollte nur meine Ruhe, ich hatte alles verkauft, die Tickets waren gebucht, das Hotel war reserviert. Ich wollte mich nicht noch einmal feiern lassen, um dann dumme Fragen beantworten zu müssen.

Was machen Sie nun mit Ihrer Zeit? Wird Ihnen die Arbeit fehlen? Werden Sie wieder singen?

Was für dumme Fragen. Was man liebt, fehlt einem jeden Tag, aber es gibt eine Schmerzgrenze, bis zu der man bereit ist sein Selbst zu opfern. Diese Grenze hatte ich überschritten oder besser gesagt: Ich habe sie überschreiten lassen.

Egal, es war wie es war, darauf kommt es jetzt nicht an, Konzentration, Ina.

Heute.

Jetzt.

Was ich im Spiegel sehe, gefällt mir. Der blaue Hosenanzug aus Samt war mein erster Kauf in Valetta. Ich wusste, dass ich ihn nur selten tragen kann, es gibt wenig Anlass dafür, aber ich musste ihn einfach haben. So blau wie das Meer an seiner tiefsten noch sichtbaren Stelle, schmeichelt er meiner Haut und auch meinem Alter. Ich sehe keine junge Frau mehr, aber auch noch keine alte. Ein paar Fältchen sind da, aber ich sehe zufrieden aus. Meine Haare habe ich hochgesteckt – so werden sie mich sofort erkennen. Niemand außer mir trägt die Haare so. Lippenstift, natürlich, Nagellack, selbstredend. Ich kehre heute zurück in mein Hotel und jeder soll es sehen.

In den amerikanischen Serien gibt es so einen Moment, wenn die Frauen die Treppe herunter schreiten – in panischer Angst, sie könnten fallen. Diese Angst ist mir fremd, war sie schon immer.

Nicht ein einziges Mal schaue ich auf meine Füße, als ich aus dem Zimmer trete und die Treppe herunterschreite – mit weißen Stilettos, so hoch, wie sie eigentlich nur Malteserinnen tragen.

Vito und Norbert, die eben noch sprachen, verstummen und schauen mich an, als wäre ich eine Erscheinung. Ich kenne diese Blicke und ich genieße sie, lange ist es her…

Daneben sehe ich Sergeij sitzen – sie haben ihn rasiert und zurecht gemacht, gar nicht mal schlecht sieht er aus, schön war er schon immer. Er sieht die beiden an und schüttelt nur den Kopf und lächelt.

Ja, mein Junge, du siehst, ich kann es noch immer.

Schließlich meine Schwester, in einem Sommerkleid, wesentlich positiver dreinblickend als gestern. „Du siehst aus als würde dir die Insel gehören, Ina!", ruft sie mir zu und lacht.

Aber in ihren Augen sehe ich die Worte, die sie niemals aussprechen wird; Wäre ich nur ein einziges Mal so schön wie du.

Das wahre Geheimnis einer Diva jedoch ist, dass sie den Zauber in einem Moment versprühen kann und dass sie ihn im nächsten Moment wieder zu nehmen vermag. Denn was nützen einem schwärmende Menschen, die nichts tun und nichts zustande bringen?

„Also dann sind wir bereit", sage ich, als ich die letzte Stufe der Treppe hinter mir gelassen habe und setze dabei meine Sonnenbrille ins Haar.

Alle drei nicken.

„Let's go, Lydia", damit verabschiedet sich Vito und meine Schwester winkt mir zu, als wären wir noch Kinder.

Wir anderen warten weitere zehn Minuten und brechen ebenfalls auf. Ich weiß nicht, was sie Sergeij für einen Deal angeboten haben, aber er muss gut sein, denn wir hören kein einziges Wort von ihm. Im Auto wiederholt Norbert nochmal den Plan, ich nicke. Ich bin diesen Ablauf heute Nacht mindestens fünfzig Mal durchgegangen. Sergeij nickt auch, der Form halber, ab und zu sieht er mich an, ich sehe es aus dem Augenwinkel, aber ich drehe mich kein einziges Mal zu ihm. Dieser undankbare Idiot wollte mir alles nehmen, was ich mir aufgebaut habe, er soll zur Hölle fahren.

Wir biegen in die Straße, die zum Hafen führt. Vito und Lydia müssten nun schon gute 5 Minuten im Hotelrestaurant sitzen und haben vermutlich schon ihr Frühstück zusammengestellt und sich Getränke bringen lassen.

Es ist sonnig, aber auch etwas windig, das ideale Wetter für meinen blauen Samt. Es ist noch früh und noch nicht zu heiß.

Norbert parkt genau vor dem Hintereingang und ich schlüpfe hinein, völlig unbemerkt. Ich schaue auf die Uhr. Wir sind on point – die Übergabe ist in zehn Minuten. Ich gehe zur Damentoilette beim Pool im dritten Stock und verschließe die Tür, hier droht keine Gefahr, denn außer mir, geht hier niemand um diese Zeit schwimmen.

Ich höre, wie die Wasserspiele beginnen und öffne das kleine Fenster.

Da ist sie, meine Irma. Es gibt sie noch, meine Welt. Ich sehe ihr zu, wie sie aufgeregt umherflattert, niemand ist da, um sie zu trösten, um ihr beizustehen, um sie zu beruhigen.

Aber morgen ist das vorbei, denke ich, du liebe Irma, dann sind wir wieder zu zweit.

So schön es auch anzusehen ist, ich darf meine Aufgabe nicht aus dem Blick verlieren. Noch zwei Minuten bis zur Übergabe, ich sollte mich nun auf den Weg machen. Der Fahrstuhl braucht manchmal länger als geplant.

NEUNUNDZWANZIG

Unten angekommen, gehe ich Richtung Lobby und sehe als erstes Christopher. Ich sehe die Freude in seinen Augen und wie er sich zusammenreißen muss. Denn natürlich darf er mich hier nicht überschwänglich begrüßen, es muss für alle eine Überraschung sein, wenn ich gleich aus der Tür heraustrete. Auch Maggie ist gebrieft und grüßt kurz, aber höflich, ohne sich etwas anmerken zu lassen. Auf meine Leute ist Verlass. Beim Vorbeigehen sehe ich Vito und Lydia an einem Tisch direkt am Fenster sitzen. Lydia sieht überhaupt nicht nervös aus und blickt aufs Meer.

Ja, diesen Blick werde ich ab morgen endlich wieder genießen können; das Meer, die Menschen auf der Terrasse, der Hafen, die Sonne, das alles habe ich morgen wieder. Ich spüre, wie mein Körper sich langsam auf den Auftritt vorbereitet. Mein Atem durchströmt alles, jeden Finger und jeden Zeh, ich bin aufrecht und mittlerweile voller Adrenalin. Ich sehe Sergeij auf der Terasse sitzen, ein paar Fotografen knipsen von weiter weg und ich kann die Schlagzeile dazu schon vor mir sehen:

Der gehasste Ex in ihrem Hotel!

Nicht mehr lange, liebe Leute.

Ich setze die Sonnenbrille auf, atme einmal ein und aus, als würde ich gleich zu einer Arie ansetzen und mit einem eleganten Schritt schreite ich durch die Tür, die Christopher aufhält, und schließlich bleibe ich stehen. Ich warte und stehe wie eine Statue, die bereit ist fotografiert zu werden. Und ich lächele. Schon lange habe ich nicht mehr so gelächelt. Dieses „Licht an, der Vorhang hebt sich" – Lächeln ist mir einfach ins Blut gelegt.

Es dauert keine zwei Sekunden und sie lassen allesamt von Sergeij ab. Jetzt gehören alle mir. Tausendfaches Klicken. Ich genieße es, habe aber vergessen, wie anstrengend es sein kann. Aber ich lasse mir nichts anmerken. Ich bin da, auf den Punkt.

Ich höre nicht, was sie sagen oder fragen, denn wie kleine Kinder kreischen sie alle durcheinander. Ich weiß, weshalb ich solche Auftritte außerhalb der Oper immer vermieden habe. Aber heute ist es mein Job, heute ist es mein Dienst. Heute bin ich die Diva, die sie sehen wollen und ich bin augenscheinlich ausgezeichnet darin.

Ich komme nicht umhin, Sergeij nun anzusehen, der meinem Blick standhält und mich mit seinen Blicken feurig herausfordert. Gut so, kleiner Sergeij, so kommst du nun auch langsam in den Auftrittsmodus. Genau das wollen sie von uns sehen!

Erst jetzt sehe ich, dass am Nebentisch bereits ein Mann sitzt. Sergeij und er sitzen beide auf dem Terrassensofa, nicht weit voneinander entfernt und in der Mitte liegt eine Tasche. DIE Tasche – Bingo!

Nicht zu auffällig hinschauen.

Ich mache ein paar Posen für die Fotografen. Dann bewege ich mich langsam zu Sergeij und nehme neben ihm Platz. Die Kamerameute folgt mir, als wäre sie mein Schatten. Sie wollen wissen, was hier los ist, ausgehungert nach einer guten Geschichte und einem noch besseren Foto.

Auch ich bin nun auf dem Sofa, der Blick der Fotografen unverstellt auf mich, Sergeij und am Rande auch den Nebentisch. Neben Sergeij wird es unruhig, ich merke, wie der Mann anfängt sich umzusehen, offensichtlich fühlt er sich unwohl – kein Wunder! Vermutlich will er bald aus der Szene raus. Auch Sergeij hat die Unruhe bemerkt. Mit einem Blick beschwört er mich, ihn anzusehen. Bei allen Fehlbarkeiten, die er so an sich hat, ist das doch seine Stärke: Glänzen wie ein Edelstein, sobald er neben Diamanten steht.

Wir flüstern, damit die Paparazzi nichts hören und sprechen uns gegenseitig Anweisungen zu nicht nach rechts oder links zu sehen, gleichzeitig beschreiben wir uns, was wir sonst noch sehen. Sergeijs Akzent zischt an meinem Ohr vorbei, im letzten Leben war er bestimmt eine Schlange.

Für die Fotografen muss es aussehen, als tauschten wir intime Dinge aus. Vermutlich denken sie schon an ein Comeback wie im Vorabendfernsehen. Soap Opera Gozo Style.

Gott bewahre.

Ich sehe einen der Paparazzi die Kamera nervös zur Seite richten: Mehr Unruhe am Nebentisch. Plötzlich steht der Mann auf und greift die Tasche, er versucht Ruhe auszustrahlen, aber die Nervosität steht ihm ins Gesicht geschrieben. Ihm läuft der Schweiß. Gleichzeitig sagt mir Sergeij, dass Vito gerade aus der Tür kommt. Jetzt schon? Nun gut, es geht also los.

Ich merke, wie das Adrenalin mehr wird, meine Finger zittern leicht, die Anspannung überkommt mich.

„Gleich ist alles vorbei", höre ich Sergeij noch sagen und in diesem Moment sehe ich den Mann in seine Jackentasche greifen. Er sieht panisch aus.

Ehe ich Sergeij alles beschreiben kann, knallt es sehr laut.

Wir zucken zusammen und ducken uns.

DREIßIG

Der Knall klang nicht wie die Glaskugel, als sie auf den Boden prallte. Sie klang viel dumpfer und länger, weniger furchterregend, eher beruhigend – zumindest für mich. Als hätte sich eine lange Verstopfung von Frust gelöst.

Dieser Knall jedoch war erst die Ankündigung für das Chaos, das sich nun einstellen sollte: Alle erschraken und liefen auseinander, ein paar wenige Paparazzi hielten die Kameras noch weiter auf uns, versuchten einen Schuss einzufangen, aber uns hatte nichts getroffen. Wir hatten uns reflexartig herunter geduckt, so wie auch Vito und auch meine Schwester, die mich mit weit aufgerissenen Augen ansieht, als ich mich zu ihr umdrehe. Sie zeigt nach rechts und da steht er, wie angewurzelt, in der linken Hand die Tasche mit dem Kokain, die rechte Hand in einer Schlinge. Erst jetzt begreife ich, dass er so nicht geschossen haben kann, er schaut noch erschrockener als wir.

Was ist hier passiert?

Die Lage ist unübersichtlich.

Einige Paparazzi kommen zurück, sie wissen nicht, was genau sie fotografieren sollen, aber ihr Instinkt verrät ihnen, dass hier irgendwo noch ein gutes Motiv lauert. Sie halten einfach drauf, auf uns alle.

Sergeij und Vito tauschen Blicke und Vito nickt in Richtung Lobby, wir sollen reingehen. Vito sieht angespannt aus und entschlossen. Wir folgen seinen Anweisungen und räumen die Terrasse, während Vito rausläuft. Aus dem Augenwinkel sehe ich Vito noch auf den Dealer zulaufen, der orientierungslos und nervös zur Seite blickt. Die Paparazzi versperren ihm alle Wege vom Hotel weg. Unser Plan geht auf!

Nun kommt Vito schnellen Schrittes um die Ecke und überwältigt den Mann ohne großen Widerstand. Er hat einfach keine Chance.

Ich höre wieder das Klicken der Kameras und spüre, wie ich sich mein innerliches Zittern verstärkt – ein weiterer Adrenalin-Kick, und die Anspannung wandelt sich in übertriebene Lockerheit.

Drinnen haben wir uns zu Lydia ins Restaurant verzogen. Christopher und Maggie blockieren mit einigen Polizisten die Hoteltür. Wir sind noch immer perplex und überwältigt von der Situation, in er wir gerade waren. Der Schreck lässt den Hass ganz vergessen, den Sergeij und ich aufeinander haben.

Christopher bringt mir ein Glas Wasser, ich nicke und bedanke mich.

Die Szenerie vor der Terrasse gleicht nun einer amerikanischen Serie. Eine filmreife Verhaftung, das Kokain haben sie mittlerweile beschlagnahmt. Vito hält den weißen Beutel in die Luft und ruft irgendwas auf maltesisch. Die Paparazzi schreien durcheinander. Blaulicht von weiteren Fahrzeugen, Polizisten, mittlerweile sogar Touristen am Rand, die Handyvideos drehen.

Mein Blick schweift durch die Menge und ganz am Rand geht Norbert, unbeobachtet hinter den sich ereifernden Leuten, alle haben ihm den Rücken zugedreht. Er trägt irgendwas weg und sammelt ein paar Sachen ein.

„Was tut er da?", frage ich und nicke in Norberts Richtung.

Erst jetzt sehen Lydia und Sergeij ihn überhaupt.

Norbert bewegt sich zum Auto und kommt dann wieder zurück, geht diesmal in eine andere Ecke, wieder außerhalb der Menge, wieder hebt er etwas auf und bringt es zurück.

Meine Schwester zuckt zusammen.

„Feuerwerk!", entfährt es ihr, „der Knall war Feuerwerk, Ina!"

Sergeij nickt ihr zu: „Deshalb ist auch niemand verletzt."

Natürlich, warum kam ich da nicht gleich drauf? Weiter weg von der Menge ein Knall, den jeder der Kulisse zuordnet, auf die alle gebannt starren. Vito ist wirklich gut.

Ich kann den tiefen Seufzer nicht unterdrücken.

„Feuerwerk, unglaublich."

Dabei sollte ich doch Requisiten aller Art gewöhnt sein.

EINUNDDREIßIG

Die Aufregung des gestrigen Tages ist heute schon wieder verflogen. Lydia und ich sitzen beim Frühstück im Restaurant mit Blick auf die Terrasse. Sie ist ganz still und genießt den Ausblick – untypisch für sie, aber mehr als verständlich nach all dem Chaos der vergangenen Tage.

Ein paar wenige Fotografen sind noch da, aber nach den gestrigen Bildern sind die meisten satt und zufrieden abgezogen – die Fotos haben vermutlich das Geld eines ganzen Monats eingebracht. Jetzt können sie sich alle am Strand sonnen.

Ich habe meine Schwester gebeten, alles auszuschalten, ich will heute keinen Eilticker und keine Schlagzeile auf irgendeinem Handy lesen, ich will nur diesen Tag genießen, in meinem Hotel. Den ersten Tag nach dieser schrecklichen Flucht (nichts gegen Norberts Haus!).

Und sie hat sogar auf mich gehört, meine kleine Schwester ist heute nicht giftig, sie ist nicht eifersüchtig, sie ist gelassen und von der Schönheit ihrer Umgebung vereinnahmt – wer hätte das gedacht.

Christopher bringt uns zwei Gläser Orangensaft und lächelt. Dreimal hat er heute Morgen schon gesagt, wie froh er sei, dass nun alles wieder normal ist.

„Sie sind die Seele des Hauses, Mrs. Faber", sagt er und strahlt über das ganze Gesicht.

Auch mir geht es ausgesprochen gut nach dieser Nacht - in meiner Suite und mit meinen Sachen. Gestern Abend hatten sie noch alles von Norbert abgeholt, ich wollte einfach nur hierbleiben und dankenswerter Weise gab Vito sein OK dafür. Der Arme wird die ganze Nacht zu tun gehabt haben.

Lydia bekam die Suite neben mir, kein Wort habe ich abends von ihr gehört, sie war fix und fertig mit den Nerven, aber dafür wird sie heute vom glänzenden Wetter entschädigt. Sie will sich alles ansehen und die Insel erkunden, sagt sie. Und das soll sie ruhig tun, denn ich werde heute einfach einen ganz normalen Tag im Hotel verbringen. Nach dem Frühstück gehe ich Schwimmen, danach etwas Lesen, einen Drink genießen, schlafen, abends Dinner. Herrlich, es gibt nichts Besseres.

Wir frühstücken in aller Ruhe und schweigen größtenteils, noch nie war es so friedlich zwischen uns. Lydia verabschiedet sich und bricht auf. Heute Abend werden wir uns zum Dinner wiedersehen.

Auch ich bin fertig und mache mich auf den Weg.

Auf meinem Zimmer erwartet mich ein aus Handtüchern gefalteter Schwan und eine Flasche Champagner, auf der Karte daneben steht in wackeliger Handschrift Welcome back my dearest Ina – sicher von Giuseppe.

Ich versuche ihn anzurufen um mich zu bedanken, aber wer weiß, wo er gerade herumläuft. Auch er wird noch eine Menge zu tun haben nach gestern. Vor allem wird er damit beschäftigt sein, den Gästen zu erklären, was da eigentlich los war. Solche Handtuch-Schwäne wird es heute Morgen viele gegegben haben, schätze ich mal.

Auf dem Weg zum Pool begegne ich allerhand Personal und es ist ein bisschen so, als hätten wir uns wochenlang nicht gesehen. Alle begrüßen mich überschwänglich und auch ich kann meine Freude nicht verbergen. Ich bin kurz davor Bettie zu umarmen, die Reinigungskraft, die hier vermutlich seit ihrer

Jugend arbeitet. Jetzt ist sie eine alte Frau, grauhaarig und alles andere als schlank. Immer, wenn ich sie sehe, wird mir klar, wie privilegiert ich eigentlich aufgewachsen bin, mit Eltern, die es sich leisten konnten, mich noch lange zu finanzieren, Kosten für ein Studium aufzubringen. Und Lydia gab es ja auch noch, auch sie hat alles bezahlt bekommen, selbst als sie erfolglos geblieben ist – so, als wäre es selbstverständlich.

Für Bettie hingegen war es selbstverständlich mit sechzehn Jahren eine Ausbildung anzufangen und arbeiten zu gehen, sie heiratete früh und wohnte mit achtzehn bereits nicht mehr zuhause. Ihr geliebter Mann starb viel zu früh und sie kümmerte sich um drei Kinder alleine. Ich weiß das alles, weil sie es mir einmal erzählt hat. An einem brütend heißen Tag, als das Putzen wirklich zu beschwerlich war – nur an diesem Tag habe ich gesehen, dass sie sich jemals irgendwo hingesetzt hat, um sich auszuruhen. Damals habe ich ihr mein Wasser angeboten, aber sie hat wild gestikulierend abgelehnt. Undenkbar, aus dem Glas eines Gastes zu trinken! Recht hatte sie natürlich – hätten wir im 19. Jahrhundert gelebt, hätte ich sie sofort als Kammerdienerin angestellt. Danach habe ich nie wieder gesehen, dass sie sich irgendwo ausgeruht hat. Sie arbeitet einfach durch und setzt sich erst zuhause wieder hin.

Heute lacht sie mich an und winkt, ich drehe mich nochmal um, als ich den langen Gang Richtung Pool nehme und sehe sie schon wieder weiterarbeiten. Die körperlich schwere Arbeit setzt ihr zu, man kann es sehen und gleichzeitig hält sie sie aufrecht.

Bei mir war es früher auch so, ich habe das Singen geliebt, auch wenn es mir alles abverlangt hat, vor allem die Disziplin und das ständiges Üben, aber im Gegensatz zu Bettie ist mein Körper nun weder verbraucht noch geschunden. Ich habe (zumindest noch) genug Geld, um nicht arbeiten zu müssen. Worüber sollte ich mich beschweren?

ZWEIUNDDREIßIG

Es ist ein perfekter Tag.

Meine Runde im Pool war grandios – halb Schatten, halb Sonne, Irma war da und hat meine Anwesenheit sichtlich genossen. Die Wasserspiele unverändert, ein Kaffee am Pool, gebracht von Maggie, die sogar fast gute Laune hatte, die gleißende Sonne durch die Chanel-Brille blitzend. Wäre es doch immer so.

Ich bin auf dem Rückweg und erkenne seine klägliche Stimme sofort.

„Frau Faber", nach Luft schnappend hetzt er mir nach, „gut, dass ich sie treffe, ich wollte sie gestern schon sehen, aber dann…", er schnappt hysterisch nach Luft, „dann dieses Tohuwabohu!"

Wild gestikulierend wartet er auf meine Reaktion, weshalb ich ihm extra ruhig gegenüberstehe, obwohl ich ihn gerne zum Teufel jagen würde.

Dieser Mensch erwischt mich immer beim oder nach dem Schwimmen, sicher hat er einen Fetisch für nasse Sachen. Es gibt ja allerhand Fetische. Manche Menschen wollen es sogar mit Gegenständen treiben. Den Gedanken daran, dass von Stein sich an meinen nassen Handtüchern beglücken möchte, versuche ich direkt wieder zur Seite zu schieben.

„Guten Morgen, schön Sie zu sehen, Herr von Stein", bringe ich nun freundlich hervor und wundere mich selbst über meine

Grazie. Ich bin sogar so höflich und schiebe meine Sonnenbrille nach oben.

Er sieht mich verblüfft an.

„Hat es Sie denn gar nicht mitgenommen, was gestern passiert ist, Frau Faber? Sie sehen aus, als kämen Sie direkt von einer Wellnesskur!", er lacht und es klingt schrecklich affektiert.

Hätte ich je solche Töne hervorgebracht, hätte er mich vermutlich vernichtet, noch bevor ich eine zweite Vorstellung hätte singen können.

Ich lächele ihn an, halbherzig, er kann ruhig wissen, dass ich ihn auch jetzt noch nicht mag.

„Ach, wissen Sie, es passieren allerlei Dinge jeden Tag und am nächsten Tag sind sie vorbei und es beginnt ein neuer Tag…"

Er schüttelt heftig den Kopf und unterbricht mich aufgeregt: „Aber Herr Mastjugin, was sagen Sie zu seinem Auftritt? Er kommt einfach her und…"

„Die Gäste kommen und gehen, Herr von Stein, so ist es in einem Hotel. Aber das muss ich Ihnen ja nicht erklären, Sie sind ein viel gereister und welterfahrener Mann, nicht wahr."

Ich ziehe die Sonnenbrille nun wieder runter und signalisiere ihm, dass ich gehen werde und ihn gleich stehenlasse wie einen Schuljungen. Ich bin eigentlich viel zu nett, ich hätte ihn noch viel mehr tadeln sollen.

„Sie entschuldigen mich, ich muss mich ankleiden. Wir sehen uns sicher später noch einmal."

Zügigen Schrittes drehe ich mich um und gehe weiter, ohne auf eine Antwort zu warten. Ich kann förmlich hören, wie er nach Worten ringt, aber er bringt nichts zustande.

Es ist schon seltsam, wie einfältig manche Menschen sind. Bei ihm hat das sicher mit einem Mangel an Talent zu tun. Deshalb ist er ja auch Kritiker geworden. Er kann den guten

Ton hören, aber ihn nicht erzeugen, was für ein Makel. Sicher gilt das für alle Kritiker.

Ich bin fast wieder bei meinem Zimmer angekommen und erinnere mich an diesen Herren, wie war noch gleich sein Name? Es ist schrecklich mit den Namen, sie kommen und gehen, kaum einer bleibt in meinem Gedächtnis. Ach ja, Herr Tudores. Ein sehr feiner, vornehmer Mann, exzellente Gesellschaft und furchtbar unterhaltsam – nicht wie dieser Schriftsteller. Nein, Herr Tudores ist kein Rinsal, er ist wahrlich ein Bach, voller Geschichten und voller Genuss. Ich habe auch zweimal mit ihm gegessen und er konnte mir zu jeder Speise die exakte Komposition verraten, so, als hätte ich beim Kochen danebengestanden. Er war als Restaurantkritiker hier und hat eine recht brauchbare Kritik geschrieben über unser Restaurant. Ich erinnere mich noch gut, dass Laurent sehr glücklich war – vor allem, weil es zu dieser Zeit nicht mal einen Küchenchef gab, aber es ging auch ohne, die Beiköche waren gut angelernt. Natürlich habe ich das Herrn Tudores nicht erzählt (ich wusste es ja, als wir gemeinsam zu Abend aßen), sonst hätte er sich davon womöglich noch leiten lassen. Nur ein einziges Mal waren wir kurz davor aufzufliegen, als er mich fragte, wie es denn dem Küchenchef ginge und ich ihm weder die Wahrheit sagen, noch ihn anlügen wollte. Ich habe ihn dann ein wenig abgelenkt und metaphorisch geantwortet: „Ach, wissen Sie, es geht dem Chef immer dann gut, wenn es der Küche gut geht. Sehen Sie, es ist wie mit einem Orchester. Wenn es gut angelernt es, dann können sie das Stück auch ohne den Dirigenten spielen."

Daraufhin lächelte mich Herr Tudores zufrieden und wissend an.

Das war nicht gelogen und es hatte ihn irgendwie amüsiert und auch Laurent – der uns an diesem Abend natürlich nicht dem Service von Christopher überlassen hatte, sondern von der Bestellung bis zum Dessert alles selbst aufnahm und brachte.

Ich schmunzele, während an ich an diese Anekdote denke und dabei bin mein Zimmer aufzuschließen. Und schließlich jäh unterbrochen werde.

„Ina!", raunt er mir hinterrücks zu.

Ich bin immernoch nass, ich komme immer noch vom Schwimmen. Hat denn niemand in diesem Hotel genug Anstand einfach zu warten, bis ich bereit bin mich der Öffentlichkeit zu zeigen?

Ich brauche ein Zimmer, dass näher am Pool liegt.

Vor mir steht Sergeij, gut angezogen, gut riechend und stolz wie ein Gockel dreinschauend. Er mustert mich von oben bis unten und schaut mich mit demselben Blick an, mit dem ich ihn bedacht hatte, als wir in Norberts Haus waren. Zufrieden sieht er aus, hat er mich doch in einem Moment erwischt, in dem ich aussehe wie ein nasser Pudel. Er weiß, dass ich das am meisten fürchte.

Er verzieht den Mund und schlägt seinen Blick nach oben.

„Du bist alt geworden, Ina", zischt er mir entgegen und lächelt mich dabei hämisch an.

Er weiß, dass er mich damit trifft, noch viel mehr als mit dieser ganzen Aktion hier. So eine persönliche Beleidigung, ausgesprochen von Angesicht zu Angesicht, die tut viel mehr weh, als Sticheleien, die weit weg voneinander ausgetragen werden. Das können die wenigsten, aber Sergeij war darin schon immer richtig gut. Damit kompensiert er seine fehlende Größe, indem er die anderen versucht zu sich selbst auf die unterste Stufe zu holen. Er ist gut darin die anderen klein zu machen.

Auch dieses Mal gelingt es ihm, ich kann ihm nichts entgegnen, ich bin nicht schlagfertig genug, das war ich noch nie. Ich bin nass und ich singe nicht mehr, meine Karriere ist vorbei, ich wohne in einem Hotel. Ich sage gar nichts, ich schaue ihn nur an.

Er dreht sich um und geht einfach.

Ich schließe mein Zimmer auf und gehe hinein, reiße meine nassen Sachen vom Körper und mich packt die blinde Wut. Ich könnte platzen vor Hass. Genau dafür hasse ich ihn, habe ich ihn schon immer gehasst, ich könnte das ganze Zimmer in Stücke reißen, so wütend bin ich, weil er mir diesen wunderbaren Tag zerstört hat. Meinen perfekten Tag.

Mein Blick fällt auf die Schublade und wie im Wahn reiße ich sie auf und klaube einen Haufen Sachen heraus, einen Haufen an hässlichen Stücken. Ich schmeiße sie in den Raum, alle wieder auf einen Haufen, wild durcheinander. Meine Atmung will sich nicht mehr beruhigen. Ich starre auf diesen Haufen Schrott und merke, wie die Wut mich immer weiter aufhetzt.

Jetzt stört es mich, dieses Durcheinander zu sehen, mitten in meinem Zimmer, vorher war alles besser verstaut, geordnet, nicht sichtbar, weg. Ich kann das Gefühl, dass alles sofort, auf der Stelle loswerden zu müssen, nicht unterdrücken. Ich denke an Friederike. Niemals haben wir darüber gesprochen, was passiert, wenn die Schublade leer ist. Nichtmal vorgewarnt hat sie mich...

Seis drum, ich bin zu geladen, um jetzt zu debattieren. Ich schnappe mir das ganze Zeug, ab damit auf die Terrasse. Ich muss jetzt alles loswerden. Sofort.

Da unten geht er noch, dieser Nichtsnutz, dieser Taugenichts. Wie ein Schauer kommt es über mich.

„Hey, Sergeij!", höre ich mich schreien und bin entsetzt über die Laustärke meiner Stimme und diesen schrillen Ton.

„Hier, du hast doch nichts, du kannst alles behalten!"

Er dreht sich um und alle Sachen fliegen runter, nacheinander. Manche segeln einzeln dahin, andere fallen in kleinen Gruppen. Leider ist der schreckliche Hut nicht mehr dabei (sicher hat er ihn gestern direkt entsorgt), dafür eine fette Plastikperlenkette, die ich symbolisch für all den falschen Schmuck gekauft hatte, den er mir geschenkt hat. Dieser Mann war eine einzige Enttäuschung.

Ich sehe noch, wie er den Kopf schüttelt und gehe wieder rein. Unendlich erschöpft fühle ich mich und ich atme immer noch schnell. Aber ich fühle mich nun etwas besser. Das Zimmer ist leer, die Schublade ist leer, das fühlt sich gut an, leichter. Es war nicht so explosionsartig, wie mit der Glaskugel, es war befreiender, niemand ist verletzt. Das ist doch was, das ist doch gut so. Das habe ich gut gelöst! Viel besser als damals. Ich spüre, wie meine Atmung sich endlich verlangsamt und gleichzeitig steigt endlose Müdigkeit auf.

Ich lege mich aufs Bett und schließe die Augen, ich höre meinem Atem zu und beruhige mich, so ist es gut, ich muss jetzt ruhen.

DREIUNDDREIßIG

Als ich wieder aufwache, ist die Sonne weitergezogen, es ist noch hell, aber merklich später geworden. Ich fühle mich ausgeruht und es tut gut, die leere Schublade zu sehen.

Ich stehe auf und mache ein Foto davon und schicke es Friederike. Das ist das erste echte Lebenszeichen, dass ich ihr von mir sende. Ob sie reagiert? Sie sollte stolz sein, ich habe mein Problem alleine und ohne große Aggression gelöst.

Ich sehe an mir herunter und erst jetzt wird mir bewusst, dass ich immer noch nackt bin. Auch bei der Terrassen-Aktion muss ich bereits nackt gewesen sein. Aber es waren ja nur ein paar Sekunden, das wird niemand gesehen haben, außerdem war ja das Geländer davor und so nah dran war ich nicht. Ich musste ja etwas ausholen, um überhaupt das ganze Zeug rüber zu bekommen.

Ein schlechtes Gewissen habe ich nun aber irgendwie doch, ich habe mich um die Sachen überhaupt nicht mehr gekümmert. Natürlich wird irgendjemand vom Hotel sie aufgesammelt haben. Gott bewahre, dass sie alles für mich aufgehoben haben. Ich fühle mich schäbig, ich hätte mich darum kümmern sollen.

Ich schreibe Christopher und entschuldige mich.

In Sekundenschnelle kommt die Gegenfrage; Ob es mir gut geht?

„Es geht mir hervorragend!", sende ich ihm, mit einem Smiley.

Sowas hätte ich früher niemals gemacht; mit dem Personal fraternisieren, das schickt sich nicht. Aber der Aufenthalt bei Norbert und die ganzen Umstände hier, haben so einiges verändert, auch ich habe mich verändert.

Christopher schreibt, er habe sich um alles gekümmert, ich solle mir keine Sorgen machen. Meine Güte, womit habe ich diese guten Leute nur verdient.

„Giuseppe invites you and your sister to Dinner", kommt noch, als ich schon das Smartphone weglegen will.

Gut, dann ist niemand böse.

Ich freue mich sehr darauf, endlich wieder hier im Hotel mit Giuseppe zu essen.

„Wonderful! I'm looking forward", tippe ich und weiß auch schon, dass wir uns um 7 Uhr treffen werden. Ich kenne Giuseppe und seine Gewohnheiten und er kennt meine, es braucht keine Uhrzeit für diese Verabredung. Ich setze Lydia via Nachricht in Kenntnis und beginne direkt mit der Auswahl meiner Garderobe.

Um 18:55 Uhr bin ich fertig angezogen, wie meine Mutter immer sagt „wie aus dem Ei gepellt", geschminkt, mit frisierten Haaren, im Grunde genommen fertig für einen wunderbaren Abend – so könnte ich auch zu einer Premiere gehen, ich fühle mich vollkommen entspannt.

Ich warte auf Lydia, die sicherlich erst um 19 Uhr hier klopfen und überhaupt nicht verstehen wird, weshalb ich gerne pünktlich bin. Wie können Geschwister nur so unterschiedlich sein?

Als Erstgeborene habe ich natürlich die ganze Wertepackung unserer Eltern abbekommen, aber an ihr scheint nicht mal ein Hauch hängengeblieben zu sein, völlig verwahrlost, im Grunde.

18:59 Uhr, endlich klopft es.

Als ich die Tür öffne, traue ich meinen Augen nicht, denn Lydia hält eine fette rote Katze in ihren Armen, die mich ziemlich feindselig ansieht und bedauernswert miaut.

„Was ist das denn?", das Entsetzen in meiner Stimme ist kaum zu überhören.

„Das ist eine Katze, Ina!", entgegnet sie mir trotzig, als wären wir noch Schulkinder.

Meine Schwester schaut mich seltsam selbstbewusst an – zuletzt habe ich diesen Gesichtsausdruck in unserer Kindheit gesehen, als unsere Eltern mich ausgeschimpft haben und sie sich wie eine Rachegöttin ins Fäustchen lachte.

„Das sehe ich, Schwester. Ich meine, was soll das Vieh hier? Wir wollen doch jetzt zu Abend essen", so langsam werde ich ungeduldig. Sie soll den Bogen nicht überspannen, ich habe meinen wunderbaren Ort gerade erst wieder zurückgewonnen und mein Wohlwollen ist noch recht begrenzt.

Lydias Gesichtsausdruck verändert sich kein Stück, trotzig blökt sie mich an. „Sie kommt mit, sie ist mir an der Kirche zugelaufen und nicht mehr von meiner Seite gewichen, ich behalte sie."

Ich atme tief durch.

„Lydia, wir sind in einem Hotel, du kannst nicht einfach eine Katze hier reinschleppen!", ich fühle mich wie vor 40 Jahren. Fehlt nur noch, dass sie mit dem Fuß aufstampft.

„Hier sind doch überall Katzen! Unten vor dem Eingang liegt auch immer der weiße Kater, nun kommt halt noch eine rote dazu", sie klingt wie ein Richter, der gerade ein Urteil verkündet hat.

Im Namen des Volkes ist dieses Tier nun also bei uns und in diesem Hotel. Ich habe keine Ahnung, wie ich das gleich Giuseppe erklären soll, aber vor allem habe ich keine Lust diesen albernen Disput weiterzuführen und noch später zu kommen, als wir ohnehin schon dran sind (nicht, dass das jemanden auf Gozo stören würde…).

Unten angekommen, bietet sich Giuseppe ein Bild, was er so garantiert nicht erwartet hat. Ich habe die Sonnenbrille auf, um zu sehen wie er reagiert und notfalls noch eingreifen zu können. Einen Schritt voraus zu sein, rettet in solchen Situationen Leben.

Jedenfalls strahlt er über das ganze Gesicht, als er mich aus dem Aufzug kommen sieht, zügigen Schrittes gehe ich auf ihn zu, er lacht und breitet die Arme für eine Umarmung aus.

„Everything is good now, my dear Ina", ruft er mir zu und erblickt erst jetzt meine Schwester mit dem roten haarigen Monster auf dem Arm. Er stutzt etwas, behält den Gedanken, der ihm unweigerlich kommen muss, jedoch für sich und blickt uns weiter freudig an.

Da Giuseppe aus gutem Hause kommt, fragt er höflich, wer denn dieser Gast sei, und meine Schwester beginnt mit einem schier endlosen Monolog über die Begegnung mit diesem Tier bei der Kirche. Richtig, sie hatte ja heute ihre Inseltour und ich bereue mittlerweile, dass ich nicht mitgegangen bin. Bei Ta' Pinu habe sie sich die Mosaiken angesehen (sie sind wirklich wunderschön), erzählt sie, und schließlich noch 20 Minuten das Ende der Messe angehört (von der sie selbstverständlich kein Wort verstanden hat). Auf beeindruckend herzzerreißende Weise erzählt sie nun, wie ihr der Kater in Garfield Optik schließlich zulief und mit ihr die Mosaiken noch einmal abschritt. Während sie redet, krault sie ihn unentwegt und setzt ihn neben sich auf das Terrassensofa, das Tier bewegt sich keinen cm, sondern schnurrt nur vor sich.

Während ich mir Luft zufächere, wirkt Giuseppe relativ unbeeindruckt von dem roten Wesen, dass sein Mobiliar um wirklich viele Haare bereichert. Er lacht höflich und winkt ab, als Lydia – eigentlich nur pro forma – fragt, ob es denn in

Ordnung sei, wenn sie den Kater bei sich habe. Sie wolle morgen eine Leine kaufen, dann sollte das alles kein Problem sein. Sie sieht tatsächlich so aus, als würde sie es ernst meinen und ich bin froh, dass ich immer noch die Sonnenbrille trage. Mit dem roten Vieh an der Leine durch den Hafen?

Ich überlege kurz, wann ich das letzte Mal einen solch peinlichen Moment erlebt habe, aber mir fällt nichts Vergleichbares ein. Meine Schwester ist verrückt und nun weiß es auch auf Gozo jeder, bravo.

Lydia scheint jedenfalls zufrieden und Giuseppe irgendwie auch – was mich erstaunt, aber besser so als anders.

Nachdem Maggie uns drei Campari als Aperitif gebracht hat, zieht Giuseppe nun einen gefalteten Zettel aus seiner Hosentasche. Staatstragend steht er auf und hebt sein Glas zum Anstoßen. Von drinnen kommt nun auch Christopher mit ein paar anderen Angestellte zu unserem Tisch – hier ist irgendwas in Gange.

„Ladies, Gentlemen, today we toast to Ina!", kündigt Giuseppe feierlich an und hebt seinen Campari nach oben.

Ich muss unweigerlich schmunzeln (wo zum Himmel ist der Champganer?).

"Ina", fährt Giuseppe fort, "I know you want to have your peace and quiet all day today and enjoy your home, it was all exciting enough. I therefore instructed everyone to leave you alone for today - and that was not easy, as you will see in a moment."

Jetzt wandert sein Blick zu Christopher, der verschmitzt nach unten auf seine Schuhe blickt.

„You brought a lot of good things to my hotel, Ina, and a horde of new guests - we are completely booked for the next three years. There is not a single day with only one room free. So, I would like to ask you to stay with us, we would like to invite you for another year and your sister for another month."

Er schaut mich freudig und erwartungsvoll an und breitet nun den Zettel vor mir aus.

Gerührt und völlig erschlagen von dieser Freundlichkeit und Großzügigkeit, sehe ich nun auch noch ein riesiges Foto von mir auf dem Zeitungsausschnitt. Ein wunderbares Bild, ich sehe genau so aus, wie ich es mir vorgestellt habe, damals, in Norberts Haus, in Ungewissheit, wie das alles ausgehen wird. Das satte Blau des Hosenanzugs, der matt glänzende Samt einer Königin und mein Lächeln – ich sehe siegessicher aus. Es ist ein perfektes Foto.

Erst jetzt höre ich Lydia quietschen, als wäre sie selbst eine Katze.

„Ina, sieh doch, die Schlagzeile!" Das arme Tier auf ihrem Arm erschreckt sich richtig.

In großen schwarzen Buchstaben steht es da:

OUR HERO - THE GRANDE DAME OF OPERA UNCOVERS DRUG TRAFFICKING IN GOZO

Meine Güte.

Ich setze die Sonnenbrille ab und muss laut lachen, dann wird mir ganz warm, ein wohliger Schauer überkommt mich und alles kribbelt. Ich blicke Guiseppe an, meinen Christopher, meine Schwester und all die anderen wunderbaren Menschen hier. Die warme Abendsonne steht über dem Meer. Was kann es Besseres geben, als einen solchen Triumph nach all den Mühen der letzten Tage. Still sitze ich einen Moment da und nicke und lache und schaue alle an. Wie sie sich mit mir freuen, es ist ganz wunderbar.

Ich bedanke mich bei Giuseppe und sage, dass ich dieses großzügige Angebot nicht annehmen kann, aber er besteht darauf. Gott sei Dank. Was für ein Segen.

Ich ordere unverzüglich für alle Gäste und das Personal einen Campari auf meine Kosten, lehne mich zurück und lasse mir von Lydia den Artikel vorlesen.

Selbstverständlich kommt auch Vito im Artikel vor, als leitender Kriminalbeamter, der mir überschwänglich für die Mitarbeit bei der Aufklärung dankt.

Noch in der Nacht hätten sie die Drahtzieher des Handels hochgenommen, eine glanzvolle Leistung, heißt es in der Zeitung – ganz Gozo sei stolz auf diese mutige Aktion. Vito habe man sogleich befördert. Von Sergeij kein Wort, so hatten sie es ihm versprochen, damit er seine Quelle verrät und daran haben sie sich gehalten. Wie Vito sagte, ein Mann ein Wort.

Ich freue mich für ihn und bin dankbar, dass auch ich nicht vergessen wurde. Ich sollte ihn morgen anrufen und auch Norbert und beide hier her zum Essen einladen. Ich bin unendlich dankbar.

Mit dem wunderbaren Gefühl, dass ich diese Insel und dieses Hotel nicht so schnell verlassen werde, genieße ich den Abend mit Lydia und Giuseppe. Das Essen schmeckt, alle sind gut gelaunt und lachen und scherzen und blicken zufrieden auf den Hafen und das Meer.

Selbst der Kater stört niemanden.

„To Gozo!", toste ich, während ich mein Glas hoch in Richtung Meer und Hafen halte.

„Gozos Charme erschließt sich sofort nach der Ankunft mit der Fähre (www.gozochannel.com). Das Leben auf dieser kleineren und ländlicheren Insel verläuft gemächlich, der Lebensrhythmus wird bestimmt durch die Jahreszeiten, die Fischerei und die Landwirtschaft. Im Winter und Frühjahr bedeckt ein dichter Teppich aus duftenden Kräutern und üppiger Flora die Insel. Im Sommer blühen Oleander, Bougainvillea und Geranien. Barockkirchen und alte Bauernhäuser aus Stein sind die typischen Bauten und prägen das Gesicht der Insel. Besucher können die raue Landschaft und spektakuläre Küste erkunden. Das Meer lädt zu vielfältigen Aktivitäten ein: Urlauber haben die Wahl zwischen Badespaß an felsigen Buchten, roten Sandstränden, Segeltörns oder Schnorchel- und Tauchgängen. Auf Gozo finden sich einige der besten Tauchplätze des Mittelmeers.

An Land erschließt sich dem Besucher die jahrtausendealte Geschichte der kleinen Insel. Historische Stätten, Forts und – nicht zu vergessen – einer der besterhaltenen prähistorischen Tempel des maltesischen Archipels, Ggantija. Auch in der Antike spielte das kleine Gozo bereits eine Rolle. Hier, in dieser friedlichen, fast mystischen Idylle, soll die Meeresnymphe Kalypso Homers Odysseus sieben Jahre lang im „Calypso Cave" oberhalb der Ramla Bay festgehalten haben.

Alle Straßen Gozos führen in die Hauptstadt Victoria oder „Rabat", wie sie die Gozitaner nennen. Victorias imposante Zitadelle erhebt sich auf einem Hügel steil über der Landschaft. Von ihren beeindruckenden Bastionen bietet sich ein herrlicher Ausblick über die ganze Insel. Jahrhundertelang bot die Zitadelle Schutz vor nordafrikanischen Korsaren und Sarazenen, von denen die Bevölkerung Gozos im Lauf der Geschichte mehrfach versklavt wurde. Victoria ist heutzutage nicht nur geographisches Zentrum der Insel, sondern auch ihr Lebensmittelpunkt. Hier verbindet sich das pulsierende Leben der Märkte und Geschäfte mit einer entspannten, geselligen Atmosphäre. Man kann in Victoria hervorragend beobachten, wie die Inselbewohner den Tag verbringen – besonders *dann, wenn der kleine Marktplatz „It-Tokk" an jedem Morgen zu neuem Leben erwacht. Auf dem Markt und in den engen, gewundenen Gassen Victorias findet sich alles, was das Herz begehrt: köstliche, frische Lebensmittel, vor allem Ziegenkäse und Wein, Antiquitäten, Handwerkserzeugnisse, Fischernetze und Strickwaren.*

Zudem besitzt die Stadt ein eigenes pulsierendes Kulturleben, zu dessen überraschenden Attraktionen zwei Opernhäuser, aber auch am Tag der „Festa" Pferderennen auf der Hauptstraße gehören."

Quelle: https://weltreisender.net/malta-gozo-und-comino-in-kuerze-13512/ (letzter Zugriff 28.09.2024)